Os desencantadores

Elsa Bornemann

Os desencantadores

(10 contos de amor, humor e terror)

Tradução
Monica Stahel

Martins Fontes
São Paulo 2001

Esta obra foi publicada originalmente em espanhol com o título
LOS DESMARAVILLADORES por Alfaguara, Buenos Aires, em 1991.
Copyright © Elsa Bornemann.
Copyright © 2001, Livraria Martins Fontes Editora Ltda.,
São Paulo, para a presente edição.

1ª edição
outubro de 2001

Tradução
MONICA STAHEL

Revisão gráfica
Ivete Batista dos Santos
Helena Guimarães Bittencourt
Produção gráfica
Geraldo Alves
Paginação/Fotolitos
Studio 3 Desenvolvimento Editorial

Dados Internacionais de Catalogação na Publicação (CIP)
(Câmara Brasileira do Livro, SP, Brasil)

Bornemann, Elsa
  Os desencantadores : (10 contos de amor, humor e terror) / Elsa Bornemann ; tradução de Monica Stahel. – São Paulo : Martins Fontes, 2001. – (Escola de magia)

  Título original: Los desmaravilladores.
  ISBN 85-336-1493-4

  1. Contos argentinos 2. Histórias de amor 3. Histórias de humor 4. Histórias de terror I. Título. II. Série.

01-4811   CDD-ar863

Índices para catálogo sistemático:
1. Contos : Literatura argentina   ar863

Todos os direitos desta edição para o Brasil reservados à
Livraria Martins Fontes Editora Ltda.
Rua Conselheiro Ramalho, 330/340 01325-000 São Paulo SP Brasil
Tel. (11) 3241.3677 Fax (11) 3105.6867
e-mail: info@martinsfontes.com.br http://www.martinsfontes.com.br

Cláudia Scatamacchia é de São Paulo. Seus dois avós eram artesãos. Cláudia já nasceu pintando e desenhando, em 1946. Quando criança, desenhava ao lado do pai, ouvindo Paganini. Lembra com saudade as três tias de cabelo vermelho que cantavam ópera. Lembra com respeito a influência do pintor Takaoka sobre sua formação. Cláudia recebeu vários prêmios como artista gráfica, pintora e ilustradora.

Monica Stahel nasceu em São Paulo, em 1945. Formou-se em Ciências Sociais, pela USP, em 1968. Na década de 70 ingressou na área editorial, exercendo várias funções ligadas à edição e produção de livros. Durante os doze anos em que teve nesta editora, como tarefa principal, a avaliação de traduções e edição de textos, desenvolveu paralelamente seu trabalho de tradutora, ao qual hoje se dedica integralmente.

Índice

Dedicatória   XI
Entrada livre   1
O marionetista   3
Superjoão ou
Conto grande como uma casa   13
A afugenta-lobos   27
Mal de amores   41
O novo Frankenstein ou
Conto de depois de amanhã   51
Parentes por parte de cão   65
O trem-fantasma   81
A lenda do rio Negro   95
Vale por duas   109
Os desencantadores   127
Saída   149
Oi e até logo!

*Ao meu inesquecível tio Tomás,
de quem continuo me lembrando como o menino
que era, desde que se foi
com seus sonhos fantásticos
e seu bandônion maluco nas costas.
(Pelas costas, quero dizer...)*

Entrada livre

Dou-lhe as mais afetuosas boas-vindas a esta espécie de casa de papel que oxalá você goste muito de visitar.

Em seus dez imaginários quartos coloridos muitos personagens diferentes o esperam, ansiosos por lhe transmitir suas histórias de amor... de humor... de terror.

Tenho certeza de que, todos eles, vão tentar fazer você conviver com emoções, mergulhar na diversão, refletir – talvez –, se entreter... e – também – ficar com os cabelos em pé, de vez em quando!

No final do percurso, uma pequena surpresa o espera, o "brinde", por assim dizer. Trata-se de um poema breve – intitulado "Oi e até logo" – que, a vôo de pássaro, conta como eu sou. Também vai servir para nos despedirmos, até voltarmos a compartilhar algum outro livro.

Nesses versos você vai me reencontrar – de alma e braços abertos – para que, com eles, eu o acompanhe até a saída. Vejo você lá, então?

E. B.

O marionetista

Ele chegou pela primeira e única vez ao nosso bairro poucos dias depois de anunciar seu espetáculo por meio de cartazes que, certa manhã, nos surpreenderam na ida para a escola. Estavam colados em todas as paredes do quarteirão em que ficava o prédio do colégio, de modo que nenhum aluno das redondezas deixou de vê-los.

Todos nós nos sentimos imediatamente magnetizados pelo misterioso homenzinho de capa preta e chapéu de aba larga que nos convidava – nos cartazes – a assistir à sua

GRANDE SESSÃO GRÁTIS GRANDE – AS MARIONETES DO TERROR – ESTRÉIA MUNDIAL NO PRÓXIMO DOMINGO NO PARQUE DOS PATRÍCIOS – ÀS DEZ, AO LADO DA FONTE. MISTER ADRENAL O ESPERA.

Com que ansiedade esperamos aquele domingo!

Assistíamos a espetáculos de marionetes com freqüência e adorávamos, mas nunca tínhamos visto um "de terror"... Esse tal Mister Adrenal sabia como despertar a atenção infantil!

A maioria das crianças do bairro – que no domingo raramente apareciam no parque antes das onze – chegaram muito cedo, esperando o surgimento do marionetista.

Quando ele chegou – às dez em ponto –, quase toda a criançada do parque dos Patrícios (e uma multidão de adultos, tão interessados quanto os pequenos, embora não confessassem...) estava reunida ao lado da fonte imensa.

Mister Adrenal chegou sozinho, como que brotando por um passe de mágica dos arbustos que salpicavam – à sua volta – a casa do guarda do parque. Achamos estranho ele não trazer nenhuma valise nem se apresentar acompanhado por nenhum ajudante.

– O TEATRO DE MARIONETES DA MINHA PRÓPRIA CAPA! – ele anunciou de repente, quando se aquietou o murmúrio geral provocado por sua aparição.

Então ele subiu num banco do parque, tirou os braços pelas aberturas da frente da capa e iniciou o espetáculo.

Acho que nunca nenhum de nós – seus espectadores naquela manhã – voltou a ver uma obra tão aterrorizadora. As duas únicas marionetes que atuaram (chamadas Martírio e Delírio) nos levaram a incríveis zonas do horror. Os braços direito e esquerdo de Mister Adrenal pareciam ter vida própria e desesperante. Sua capa se movia de lá para cá – em seu inquietante vôo de seda –, enquanto Martírio e Delí-

O marionetista

rio iam se tornando cada vez mais semelhantes a verdadeiras criaturas humanas. Dois pesadelos em miniatura, de tão insuportavelmente repulsivos que eram. Não há por que descrevê-los, pois certamente sua imaginação já deve estar vendo como eram.

É. Isso mesmo. Tinham olhos *assim*. Com bocas *assim*. Com mãos minúsculas *assim*, inventadas para roçar o arrepio. E também pronunciando palavras *assim*, que só podiam chamar assombração.

Embora tremendo de medo, o certo é que outra sensação também comovia o auditório: a de perceber que estava diante de um artista extraordinário, diante de um marionetista excepcional e dois bonecos não menos excepcionais.

Começava a chover a cântaros quando Mister Adrenal deu a sessão por terminada, antes anunciando que ofereceria um novo e último espetáculo aquela mesma tarde, às seis horas, se as condições do tempo permitissem.

Então ele fez uns gestos no ar e Martírio e Delírio agradeceram – com reverências e aplaudindo com seus próprios bracinhos – a forte ovação que coroou suas atuações.

Imediatamente o marionetista voltou a enfiá-los debaixo da capa brilhante e escapuliu, apressado, em meio à multidão que começava a se retirar do parque (também depressa, para não se molhar demais).

Apesar do aguaceiro, meus amiguinhos e eu decidimos seguir Mister Adrenal antes que ele se evaporasse no meio da água.

Os desencantadores

Queríamos conversar com ele, averiguar de onde ele vinha e quais eram os segredos de sua arte aterradora porém incomparável, enfim, fazer-lhe um monte de perguntas, mas – sobretudo – ver de perto, bem de perto, os bonecos horripilantes. Quem de nós teria coragem de tocar neles? Quem se atreveria a enfiá-los nas mãos com a mesma tranqüilidade com que manipulávamos nossas próprias marionetes na escola?

– Eu nem louca! – repetia Mechita, enquanto corríamos debaixo da chuva tentando alcançar Mister Adrenal. – Fico de cabelo em pé só de pensar em Martírio e Delírio! Puá.

Em compensação, Martim, Eugênio, Mariela e eu fazíamos o maior alarde. Cada um garantia que ia ser o primeiro a pegar as marionetes, até a abraçá-las. A silhueta do Mister Adrenal já ia sumindo para dentro da casa do guarda quando – com as línguas de fora e ensopados – nós cinco chegamos ao jardinzinho que havia na frente dela.

– Ahá, então quer dizer que ele está hospedado aqui – disse Eugênio.

– As persianas estão todas fechadas... Estranho, não é? – acrescentou Martim.

Mariela e eu nos aproximamos então da porta de entrada, que minutos antes tinha se fechado atrás do marionetista. Com as orelhas grudadas na madeira grossa com aldraba, tentamos ouvir alguma voz, algum som que viesse de dentro da casa, antes de bater. Mas a verdade é que não ouvíamos nada. Um si-

Os desencantadores

lêncio absoluto, que – é óbvio – nos deixou desconcertados.

– Vamos bater ou não? – cochichávamos indecisos. – E se ele estiver deitado e ficar bravo? O que vamos fazer?

Foi então que Mariela – a mais audaciosa dos cinco – tocou suavemente na aldraba.

Que surpresa! A porta não estava trancada à chave e foi se abrindo devagarinho, impulsionada pelo leve empurrãozinho da nossa amiga. Nós nos amontoamos em cacho atrás dela, entre temerosos e excitados, até que um empurrão do Eugênio – que quis se fazer de engraçadinho – lançou os outros quatro para dentro da casa.

Durante alguns segundos, que me pareceram intermináveis, vimos o que nunca devíamos ter visto. Ainda estremeço só de lembrar.

Sem capa nem chapéu, sentado junto de uma mesa sobre a qual tremulava a luz de uma lâmpada e de costas para a porta, Mister Adrenal. Estava com os cotovelos apoiados no tampo da mesa e segurava a cabeça com as duas mãos quando lançou aqueles berros pavorosos, assim que sentiu nossa presença.

Na mesma hora percebemos a razão da sua atitude. E nossos gritos de horror se misturaram aos dele – como um relâmpago – e aos de outras bocas, antes de escaparmos pelo parque, nos atropelando numa fuga desordenada.

Um bom tempo depois – e já os cinco amigos reunidos na cozinha tépida da casa de Mariela –, ten-

O marionetista

tamos contar aos pais dela o que tinha acontecido. Foi preciso mais um bom tempo para conseguirmos fazê-lo com uma certa clareza, pois continuávamos assustados com o que tínhamos visto.

De todo modo, eles não acreditaram em nós – nem a família de Martim, nem a de Mechita, nem a de Eugênio, nem a minha.

– Vocês estão sugestionados. Ficaram muito impressionados com as marionetes – disseram as adultos. – Esse Mister Adrenal tem um talento extraordinário, é um artista excepcional, mas não vamos permitir que ele volte a se apresentar para as crianças... Calma. Vamos agora mesmo à casa do guarda para falar com ele.

Um pequeno grupo de pais foi então até o parque, disposto a conversar com o marionetista.

– Agora vocês vão ver que não estamos mentindo – repetíamos de tempos em tempos. – O que contamos é a pura verdade!

A chuva continuava caindo forte por volta das quinze para as sete da noite. Então os adultos voltaram com a notícia de que ninguém tinha atendido aos chamados deles na casa do guarda e de que a porta estava fechada a cadeado, como sempre acontecia quando o velho vigia se afastava.

– Nem rastro do Mister Adrenal – eles disseram. – Com certeza cancelou a apresentação das seis e foi embora. Também, com essa chuva...

Foi inútil nossa insistência em repetir, entre lágrimas, o infeliz episódio de que tínhamos sido tes-

Os desencantadores

temunhas. Não acreditaram em nenhuma palavra e – ainda por cima – nos aconselharam a guardar segredo do que supunham ter sido "uma alucinação coletiva", "uma visão produzida pelo pânico".

– Logo o susto vai passar... – eles diziam. – Se vocês contarem isso aos outros, vão achar que vocês estão loucos, queridos.

– Quem vai engolir uma história dessas...? Ninguém vai acreditar em vocês.

Até hoje, Eugênio, Mariela, Mechita, Martim e eu nunca contamos nada, e o passar dos anos nos fez entender as recomendações de nossos pais. Mas nenhum de nós cinco duvida da realidade do que aconteceu na casa do guarda, do que vimos então e que agora vem fazer parte de um conto.

Sabemos que este é o único jeito de contá-lo, sem que as pessoas murmurem que a nossa saúde mental deixa muito a desejar.

Pois bem, se não tivesse acontecido comigo, eu também não acreditaria que os braços de Mister Adrenal eram independentes do resto do corpo, que Delírio e Martírio não eram marionetes fantásticas, mas duas criaturas encarnadas a partir dos ombros do marionetista, dois pequenos seres cujas cabeças assombrosas ocupavam os lugares que deviam corresponder às mãos dele.

Eram duas aberrações, uma espécie de irmãos siameses do artista e tão reais quanto qualquer um de nós.

O marionetista

Os berros de Mister Adrenal e os gritos emitidos por Martírio e Delírio durante aqueles instantes em que nós cinco os surpreendemos tal como eles eram persistem na minha memória com a força de uma sirene de outros mundos, embora eu nunca mais tenha tido notícias de suas vidas.

Superjoão ou Conto grande como uma casa

Vou contar um conto deste tamanho: grande como uma casa!
Para isso, peço que você feche os olhos e imagine que estamos no meio do campo, no pátio de uma das tantas escolas rurais que existem no interior das províncias que compõem a República Argentina.

É segunda-feira, uma luminosa manhã de primavera, e a dona Açucena – a única professora e diretora – está na cerimônia de hasteamento da bandeira, junto com suas três dúzias de alunos.

"Alta no céu... uma águia guerreira...", eles cantam.

Pouco depois, todos vão saborear o mate quente e o pão recém-saído do forno que os esperam como café da manhã. A generosidade de algumas vizinhas da escola faz com que isso nunca lhes falte, até sexta-feira, dia em que voltam para casa...! E como as crianças se sentem alegres, nessa hora anterior ao início das aulas de cada semana!

Os desencantadores

É que – além de servir para repor suas energias – elas a dedicam a contar umas às outras os episódios que protagonizaram durante o sábado e o domingo. Assim, em voz alta e para todo o grupo, fala quem deseja contar alguma coisa aos outros.

Não é necessário que sejam acontecimentos fora do comum.. As coisas simples, cotidianas, são consideradas novidades interessantes. Então ouvimos, por exemplo...

– ... minha egüinha oveira teve um potrinho...

– ... minha irmã mais velha foi trabalhar em Buenos Aires...

– ... recebemos a visita da minha avó, que veio de Gualeguaychú...

– ... roubaram umas toalhas que estavam no varal...

– ... tivemos que chamar o veterinário porque a vaca malhada machucou a pata e a ferida estava infeccionando...

Mas a diversão de verdade começa com a chegada de João Conessa.

Acontece que, embora a maioria dos colegas morem em lugares mais ou menos distantes do colégio, o tal João é o que mora mais longe. Por isso, invariavelmente ele chega tarde lá do estábulo onde trabalha com a família, segundo ele diz. "Segundo ele diz" porque, como faz pouco tempo que ele entrou na escola, é o "aluno novo" e – por isso mesmo – nada confiável para os outros, até prova em contrário.

João chega a cavalo como algumas outras crianças, enquanto há muitas outras que andam alguns quilômetros, ou são trazidas de charrete, ou então descem dos caminhões que passam pela estrada próxima e aos quais elas pedem carona para chegar à escola ou ir embora para casa.

Como João Conessa é o último a se sentar à mesa do café da manhã, também é o último a contar o que aconteceu no fim de semana. Fica calado, um pouco distraído e assobiando baixinho, enquanto os outros vão dizendo o que fizeram, o que aconteceu. Quando chega sua vez de falar, as histórias do João fazem seus colegas chorar de tanto rir. Por isso lhe deram o apelido de "Superjoão" – entre brincadeiras, aplausos e exclamações.

– João Conessa é um mentiroso! – costumam gritar, depois que ele termina o relato da segunda-feira.

– Seu mentiroso! – repetem. – Também, *com essa* cara, quem vai acreditar nessas lorotas? Nem que você fosse o Superjoão!

– Superjoão! Superjoão! – os colegas exclamam em coro.

Só Camila Ruiz continua contemplando João – como que enfeitiçada – durante vários minutos depois do "Fim" com que ele encerra cada história.

É verdade que a dona Açucena também tenta defendê-lo das acusações zombeteiras dos companheiros. É difícil. Mas, como se fosse a dona solitária de um segredo, como se conhecesse alguns fatos e os alunos não, ela tenta se impor ao barulho geral, dizendo:

– Pessoal, o Joãozinho tem imaginação, tem fantasia... Ele não tem nenhuma intenção de mentir...

Os desencantadores

Acontece que o menino sempre fala de acontecimentos espetaculares, breves histórias em que é ele o personagem principal e que o mostram em ações e situações totalmente extraordinárias.

– Ah, vá! Eeee! Quanta bobagem! – protestam alguns.

Mas o que é que o João conta para seus colegas reagirem desse jeito? Bem, ele diz que seu pai tem mais de três metros de altura... que seus músculos são duros como ferro... que seu sorriso é mais largo do que a lua... que a barba dele vai até o joelho...

– Meu pai é grande como uma casa! – ele insiste. – Dessa altura!

João costuma então subir na carteira, levantar os braços e abri-los em cruz ou fazê-los girar como um moinho, para mostrar o tamanhão dos seres ou coisas de que está falando.

– As empanadas que a minha mãe faz são enormes! Dão para a família toda comer e ainda sobram montes de migalhas para o nosso galinheiro e os galinheiros dos vizinhos!

– Os surubins que nós pescamos ontem à noite no rio eram grandes como tubarões. Deste tamanhão!

Ele também exagera ao descrever o tamanho da rede e das varas que eles usam para pescar e dos cestos nos quais guardam o fruto da pescaria. Para não falar do barco! Descomunal, parece um transatlântico!

Enfim, nas narrações do João tudo é "grande como uma casa".

Além disso, ele não aumenta só as medidas...

De acordo com o que ficamos sabendo alguns momentos atrás, João sempre conta episódios assombrosos, em que seu pai e ele são os únicos heróis e no final dos quais sua mãe os espera – com o olhar cheio de ternura – não só com empanadas gigantescas como também com diversas comidas, em panelas dignas de conter alimento para um batalhão de ogros.

Vamos ver alguns exemplos de seus relatos de segunda-feira:

– Tivemos que lutar com piranhas que pareciam baleias!

– O barco capotou por causa de uma onda que subia até as estrelas, mas meu pai o colocou de novo na posição correta usando o dedo mindinho; assim nós nos salvamos.

O auge, para seus colegas – que o escutam morrendo de rir –, está acontecendo na segunda-feira em que tem lugar o nosso conto. Pois com a maior calma, como se fosse a coisa mais natural do mundo, João acabou de afirmar – encarapitado no banco e abrindo os braços devagarinho – que na noite anterior eles deram com um navio pirata, que não dá "para imaginar o quanto ele era interminável, o capitão e a tripulação eram homens deste tamanhão, mais altos que uma casa, e então..."

Não consegue continuar. Às gargalhadas e aos gritos, os colegas lhe jogam bolinhas de papel, zombando dele. Camila Ruiz é a única que não se junta ao alvoroço da classe.

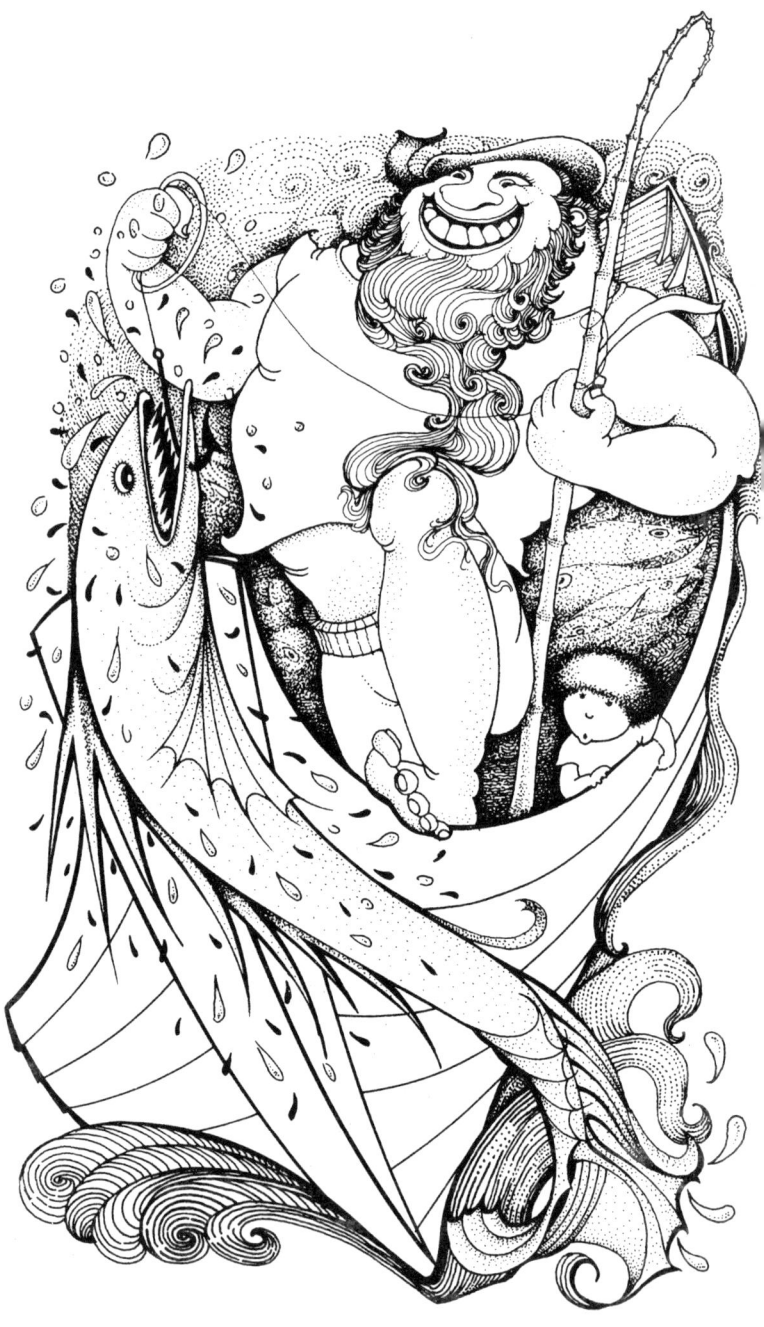

Superjoão ou Conto grande como uma casa

Ela olha para João Conessa com uma expressão enamorada, que só a dona Açucena percebe, pois as outras crianças estão empenhadas em reforçar – aos gritos e com um refrão improvisado – as acusações de "Superjoão é mentiroso, lará lará lará! Superjoão é mentiroso, lará lará lará!"

São inúteis os pedidos de silêncio da professora. A sala se transforma numa cômica gaiola, em que todos gorjeiam ao mesmo tempo. Menos Camila, é claro.

E menos ainda João, que, bombardeado de bolinhas de papel, resolve sair do recinto que serve para eles de galpão de merenda, sala de aula e dormitório.

Envergonhado. Triste.

No início do terceiro intervalo dessa segunda-feira, Camila se atreve a chegar perto dele, assim que o vê isolado dos outros e deitado debaixo de uma árvore.

– João... Joãozinho – ela diz. – Eu... Eu quero que você saiba que... que... quero que você saiba que eu acredito em você... que adoro as suas façanhas... São... como posso explicar?... como sonhos... e... como livros maravilhosos de contos que nós não temos na escola... Eu gosto muito, João... São a coisa mais linda que me acontece aqui... Toda segunda-feira espero você chegar... É como se... será que você vai me entender?... é como se eu visse cada cena dos seus relatos... Como nos filmes, sabe? Para mim João Conessa é... é um gênio! – Camila termina seu monólogo de repente e se afasta da árvore, sem virar a cabeça. Também sente vergonha pelo que confessou a seu colega de tarefas; é que João nem se deu ao trabalho de olhar para a menina, quando ela se armou da coragem necessária para dizer o que disse.

No entanto, João a observa à medida que ela vai saindo de perto dele. É claro que prestou atenção em suas palavras, embora tenha fingido que não.

A semana se passa sem outro assunto que mereça ser mencionado.

Agora estamos na segunda-feira seguinte à do início desta história. Está chuviscando.

Quando dona Açucena faz a chamada – depois de terminado o café da manhã –, não se ouve a voz do João Conessa dizendo "presente".

– Que pena... Faltou... – pensa Camila, ao mesmo tempo que outros mais travessos aproveitam sua ausência para se queixar à professora.

– Superjoão é um terrível mentiroso! – eles dizem.

– Mentir é pecado!

– Ele inventa o quanto pode e, ainda por cima, a senhora o defende, professora!

– Qualquer um às vezes faz uma brincadeira, mas o Conessa garante que o que ele conta é verdade, é disso que eu tenho raiva!

– Eu também!

– E eu também! Ele é um mentiroso!

– Não! – e Camila põe toda a sua energia nessas três letras, que ela lança no ar da manhã.

Superjoão ou Conto grande como uma casa

Não consegue emitir outro som, pois lhe custa expressar seu sentimento, embora seja tanto e tão bonito.

A professora olha para ela – fugazmente – e adivinha o afeto que liga o coração da menina ao do aluno ausente. No entanto, não chega a lhe dizer nada, pois seu pensamento é interrompido pelos pedidos de muitas outras crianças:

– A senhora dá licença, professora?

– Nossa "lâmpada das idéias" se acendeu, como a senhora sempre diz quando contamos alguma coisa que vale a pena! Dá licença para amanhã a gente fazer uma brincadeira com o João, se ele vier?

– No café da manhã, podemos pedir para ele contar por que faltou, mesmo sendo terça-feira?

– Deixa, professora? Seja boazinha.

– Ah, mas antes o João tem que deixar a gente amarrar as mãos dele...

– E amarrá-lo no banco também. Aí vamos ver como é que ele se vira para fazer aqueles gestos exagerados...

– ... e para mostrar que tudo é "graaande como uma casa"...

A professora acaba cedendo. O clima da classe é de tanta euforia que não há quem não se contagie.

Agora até Camila está rindo da idéia dos colegas.

Terça-feira. Está garoando. É hora de hastear a bandeira, enquanto as cabecinhas pensam mais em João Conessa do que no pavilhão azul e branco que vai subindo devagarinho.

Os desencantadores

Durante o café da manhã (que, embora seja terça-feira, está sendo dedicado a esperar o "aluno novo"), todos têm a impressão de que o menino está demorando mais do que de costume.

– É só impressão, pessoal; é impressão... O Joãozinho vai chegar logo. Ainda bem que ele não está doente. Não deu para sair do estábulo ontem de madrugada. Os caminhos até a estrada estavam meio inundados e os peões acharam melhor ele ficar lá... Quem me disse foi o seu Eulálio, que eu encontrei por acaso quando ele passou de caminhonete para ir até os Juarez, para fazer o reparte de hoje de manhã...

Pertence aos Juarez uma das vizinhas que prepara o pão, e a professora vai lá buscá-lo todas as manhãs, enquanto as crianças ainda estão dormindo. Então a classe inteira suspira, aliviada. Camila também. A coitada já sofreu bastante, achando que João tivesse apanhado alguma doença grave e que nunca mais iria vê-lo.

Por isso, quando o menino chega à escola e os outros lhe informam o que o espera, a menina não consegue reprimir um risinho de satisfação.

– Então me amarrem com essas cordas, vamos! – João exclama quando fica sabendo da brincadeira que reservaram para ele. – Amarrem-me, seus molengas. O que me importa? Vocês são uns covardões, devem ter ficado encolhidos pelos cantos durante o temporal do fim de semana... Meu pai e eu não! Saímos para pescar do mesmo jeito, no meio do vendaval!

Superjoão ou Conto grande como uma casa

– Ele só vai contar o que aconteceu depois de bem amarrado ao banco, professora! – os alunos fazem dona Açucena lembrar.

Cinco minutos depois, lá está João de mãos e pés atados, imobilizado no banco.

– E agora, como é que você vai se virar para fazer aqueles gestos exagerados, hem?

– O que foi que aconteceu de extraordinário? O que é que você viu "tão graaande como uma casa" durante a tempestade?

– Vamos lá, conte, Superjoão!

– Buá... Já que vocês insistem... – responde o garoto, animado pelo olhar esperançoso e enamorado de Camila – ... mesmo que eu saiba que ninguém vai acreditar...

Então João conta, muito brevemente, a fabulosa aventura "que meu pai e eu vivemos, porque somos valentes, e não como alguns que eu conheço e cujo nome eu me nego a dizer..."

Enquanto olha de soslaio para Camila – de vez em quando – e sem os outros perceberem lhe dá uma rápida piscadela cúmplice, João desfia seu relato:

– Saímos para pescar tranqüilamente, apesar da tempestade e do vento furioso que soprava no sábado à meia-noite. Bem no meio do rio, e quando já estávamos para voltar à margem, porque a duras penas tínhamos pescado um dourado, resgatamos sete delfins perdidos, minúsculos como moscas...

– Aaah... – zomba a classe. – Bem pequeninos... deste tamanhinho, não é?

Os desencantadores

— É — continua João. — Eram miniaturas. E nós os salvamos, colocando-os num balde de água. Depois continuamos remando, e ouvimos alguém pedindo socorro.

— Quem era? Um mosquito ensopado? — e toda a classe se chacoalha de tanto rir.

— Uma sereia, seus bobos. Era uma sereia, metade mulher e metade peixe; uma linda sereia, como aquelas dos livros que não temos na nossa escola... — e outra piscadela cúmplice une o olhar dele ao de Camila.

— Ah, é? E de que tamanho era a sereia, pode-se saber?

Aí João, contendo o riso pelo que está inventando, e sempre manietado, exclama:

— Não consegui vê-la direito, seus tontos; estava muito escuro, os trovões nos metralhavam e...

— Aaah...

— ... mas, antes de desaparecer montada no lombo de um imenso cavalo-marinho que a ajudou — continua João —, caiu um raio que iluminou a cena, e assim tive oportunidade de contemplar os olhos maiores que já vi... e por eles pude calcular o tamanho enorme da sereia...

— E de que tamanho ela era, hem?

— Ora, devia ser grande como uma casa, pois seus olhos eram assim! (E na mesma hora João levanta bem as mãos, que continuam bem amarradas pelos pulsos, e as faz rodar, girar no espaço, até completar uma circunferência perfeita.)

– Muito bem, Joãozinho! – aplaude Camila. – Você acabou com eles! – enquanto a classe fica acabrunhada com aquela nova exibição do "aluno novo".

– Sua imaginação não tem limites, João. Você achou um jeito de se safar da armadilha deles! – exclama a professora, emocionada. – Muito bem.

Entretanto, Açucena acha que a imaginação é a única coisa que o menino tem depois que perdeu os pais e foi acolhido como peão do estábulo. Ao longo da semana, porém, ela muda de opinião. E muda, sem dúvida e feliz, à medida que vê o afeto entre ele e Camila crescer, crescer cada vez mais.

– Professora, sabe que o João Conessa não tem pai nem mãe? – pergunta a menina, à parte, um pouco antes da saída na sexta-feira.

– Mas... – surpreende-se Açucena –, quem foi que autorizou você a contar uma coisa que João queria manter em segredo e que ele só contou para mim?

– Ele mesmo, professora, o Superjoão.

E Superjoão, um pouquinho mais tarde, a caminho da porteira da escola, jura e rejura para Camila que a sereia do rio não era nem de longe tão bonita quanto ela. Na mesma hora, e com a bochecha corada, ele pergunta:

– Quer ser a minha namorada de segunda a sexta-feira?

A afugenta-lobos

Não tinham certeza de que esperavam sua visita só pela alegria de revê-la. A chegada da avó Prudência à casa de seus netos de Buenos Aires (uma vez por mês, pois ela morava a uns oitenta quilômetros da cidade, com seus – também – oitenta anos nas costas) representava algo mais para as crianças.

Era uma oportunidade para ouvir relatos fantásticos, durante o tempo em que ficava hospedada entre eles. Eram lendas espanholas que tinham viajado de navio com ela, gravadas em sua mente e em seu coração. Histórias antigas que tinham sido sua única companhia na travessia do oceano Atlântico, nas horas distantes de sua viagem para a América a bordo de um navio de imigrantes.

Ora, Prudência mal tinha completado quatorze anos quando fora obrigada a se desgarrar de sua aldeia galega, tão querida e tão pobre, para vir ao en-

Os desencantadores

contro de uns tios que já estavam estabelecidos na Argentina.

No Puerto de Lugo ficavam seus pais e o rosário de irmãos mais novos...

– Histórias são a única coisa que posso lhes oferecer – costumava dizer a avó a seus netos, antes de começar as narrações. – Com a aposentadoria miserável que recebo não posso lhes dar outro presente além de histórias...

Nós, um grupo de amiguinhos da vizinhança, costumávamos nos juntar, encantados, àquelas reuniões em torno do livro falante em que se transformava a velha senhora pela magia de sua voz.

Minhas lembranças recortam, agora, tantos desses relatos...

Especialmente os preferidos de dona Prudência, que também eram os nossos. Os mais inquietantes, os que nos faziam cócegas na pele; os que rejuvensciam o olhar verde da avó a ponto de, em alguns momentos, eu ter a impressão de que ela não era velha mas uma estranha menininha, de quase um metro e setenta de altura e uma insólita cabeça branca. Eram essas "histórias de medo" que sempre lhe pedíamos, como por exemplo a que vou começar a contar, em uma versão própria – *mais* livre do que os pardais – da lenda popular espanhola que lhe deu origem...

Era uma vez... numa pequena aldeia do sudeste da Espanha, uma menina chamada Luperca.

E quem afirma que não existe nenhum ser totalmente mau, que até na alma mais perversa que se

A afugenta-lobos

possa imaginar tremula – pelo menos – uma chamazinha de bondade, certamente não teve notícias da existência de Luperca.

Até o nome com que a tinham batizado encerrava um sentido perturbador. É claro que seus pais – Amparo e José Maria – o ignoravam. Erroneamente, achavam que se tratava de uma variante do diminutivo de Lupe, que vem de Guadalupe. Nunca a teriam chamado de Luperca se soubessem que, de acordo com suas raízes latinas, essa série de sete letras quer dizer "a que afugenta lobos"...

Segundo contam, desde muito pequena a menina já tinha dado tantas provas de sua maldade que, à medida que ela crescia, a mãe e o pai estremeciam ao pensar que a maldade cresceria junto e não haveria quem pudesse evitar.

– Que desgraça essa filha que nos nasceu, Virgem Santíssima! – comentavam entre eles, ao passo que, à maneira de consolo, murmuravam: – O Senhor a enviou à nossa casa. Devemos aceitá-la e nos resignar a esse castigo. Mas... o que fizemos para merecer tamanha infelicidade?

Chegando a esse ponto de suas reflexões, os pais de Luperca não encontravam nenhuma resposta lógica. Eram gente amável, trabalhadora e muito piedosa, como o resto de sua pequena família. Além disso, pelo que ambos lembravam, essas qualidades vinham sendo herdadas desde seus tataravós.

Que remoto antepassado, do qual não se tinha memória, teria cometido um pecado tão inqualificável para que o destino resolvesse vingar-se, justo neles, com o nascimento daquela menina malvada? Pois a verdade era que Luperca – de belíssima aparência física – parecia uma concentração de todas as calamidades do espírito.

Ela se divertia fazendo mal aos outros. Mentia descaradamente; era hipócrita e avarenta; ladra, interesseira e cobiçosa. Outro de seus prazeres era humilhar quem ela pudesse, zombar até daqueles que – apesar de tudo – a amavam, como seus pais.

– Será possível que não gosta nem de nós? – muitas vezes eles gemiam, desesperados.

Não. Luperca não gostava de ninguém.

Para cúmulo, sua capacidade de compreensão era muito superior à das meninas de sua idade, e já se conhecem as conseqüências nefastas que pode ter a união de inteligência e maldade...

Uma noite – depois das rezas habituais, ajoelhada junto da cama –, a mãe de Luperca se pôs a chorar, com o rosto enfiado na colcha. Seus soluços despertaram o marido.

– O que foi, Amparito?

– Lupe, como sempre... Estou chorando por causa dela...

– Que nova trapaça essa condenada cometeu hoje?

– Não, nenhuma, tanto que eu saiba, mas estou pensando em seu futuro e a angústia quase não me deixa respirar... O que será dela quando nós morrermos, José Maria? Quem será capaz de suportá-la?

A afugenta-lobos

— Tem razão, mulher. Mas Deus queira que falte muito para isso...

— Todos na aldeia a conhecem de sobra... Nenhum moço vai querer se casar com ela... Até fiquei sabendo que lhe puseram o apelido de "A Satanasa"... Vai ficar solteirona, José Maria... Sozinha... Muito sozinha...

Acordada no quarto – sem que os pais suspeitassem –, Luperca escutava a conversa atentamente. Um sorriso maldoso saracoteava-lhe da boca aos olhos, a cada palavra dos pais. Mal conseguia reprimir a vontade de sair da cama e aparecer na frente deles, de repente, para lhes dizer quais eram seus planos para o futuro. Ah, aqueles bobalhões ainda iam ver as coisas de que ela era capaz.

— Por mim eles podiam evaporar no ar agora mesmo – ela pensava –, pois não vai demorar muito para finalmente eu conseguir cumprir o que me propus desde pequena. Interesse pelos moços desta aldeia miserável? Solteirona, eu? Com mil demônios, meus pais têm cada idéia idiota!

E aquela noite ela dormiu na maior tranqüilidade. Qualquer um que a visse nos braços do sono imaginaria que fosse um anjo em repouso, tamanha era a placidez irradiada por seu lindo rosto moreno, de apenas treze anos...

Quando fez quatorze anos, Luperca resolveu que estava preparada para levar a vida por sua conta e lançar-se em sua aventura particular. Tinha programado, nos mínimos detalhes, tudo o que faria a partir do momento em que fosse embora de sua casa natal. Esse era o primeiro passo.

E foi assim que um dia – muito antes de os galos cantarem – a menina abandonou seus pais e sua aldeia, sem o menor sentimento de afeto, sem um pingo de culpa.

Ela bem supunha a dor infinita que ia causar aos corações dos tão sofridos dona Amparo e seu José Maria, mas essa suposição, longe de deixá-la com remorso, redobrava suas forças e a enchia de satisfação.

– Livre! Livre! – repetia para si mesma, caminhando rumo à estrada que ligava sua aldeia à aldeia vizinha. – Livre, até que enfim; graças a mil demônios!

E mil demônios deviam ser – mesmo – os donos de sua alma, para Luperca agir daquela maneira, como uma criatura maldita.

Exagero? Você acha? Quero ver sua opinião depois que ficar sabendo o que havia dentro da sacola imensa que ela carregava no ombro!

Semanas antes de ir embora, a menina tinha feito uma lista dos objetos que iria levar de casa, e todos eles faziam parte de sua bagagem:

– a latinha com as economias, fruto de tantos anos de trabalho dos pais; era um dinheiro que guardavam para ela, escondido num buraquinho cavado debaixo de uma pedra do piso da cozinha (– Para o caso de você ficar sozinha no mundo, filha) do qual

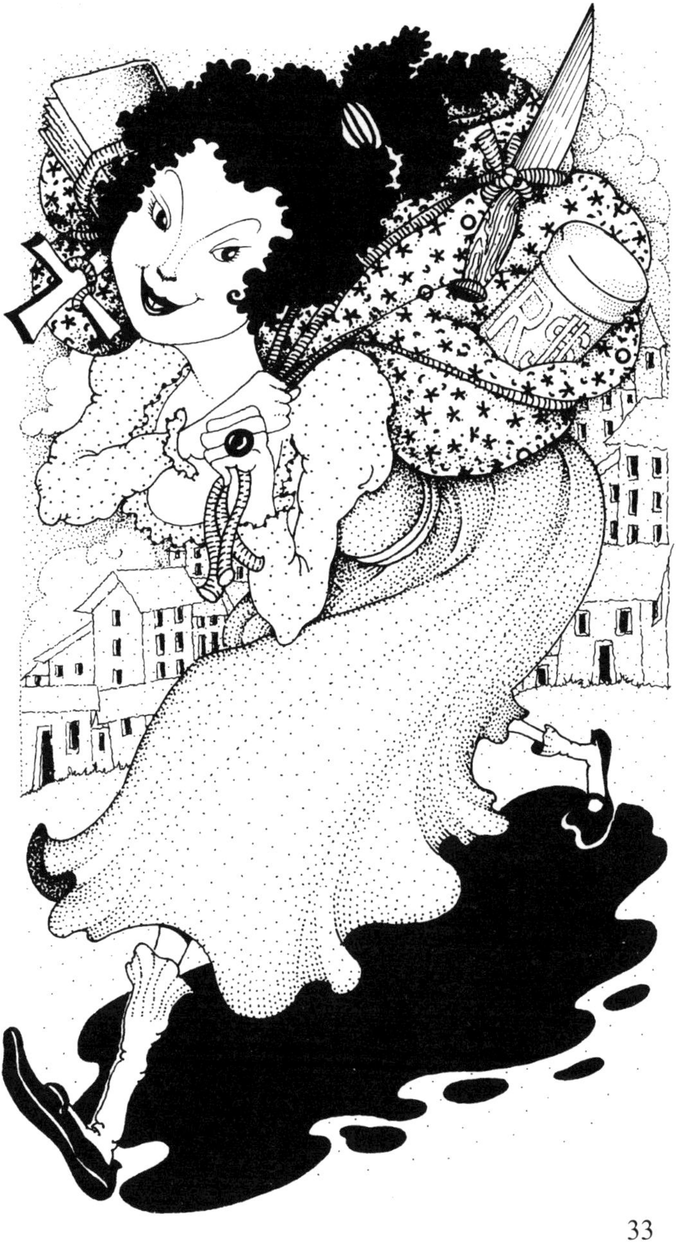

ela não hesitou em se apropriar (– Por acaso eles não viviam repetindo que era meu? – ela dizia, gargalhando);

– uma manta, primorosamente bordada, com a qual daria para cobrir uma parede inteira de seu quarto, tão generosas eram suas dimensões;

– o único anel de sua mãe, aquele que ela nunca usava e cujas pedrinhas transparentes brilhavam como estrelas (– Devem ser brilhantes – pensava Luperca);

– a faca mais afiada;

– o crucifixo de prata que tinha pertencido a uma bisavó e que seu pai jurava ser "uma verdadeira jóia";

– o missal com incrustações de madrepérola...

... e a lista continuava, mas não estou mentindo ao dizer que me repugna enumerar tudo o que Luperca roubou. É suficiente você saber que tudo o que ela considerava de mais valor foi parar em sua sacola.

E, enquanto ela andava paralelamente à estrada, mas a uma certa distância dela para que ninguém a surpreendesse na fuga, seus pais já tinham percebido sua ausência.

Não compreendiam a razão de mais aquela dor imerecida.

Preso com um alfinete a seu travesseiro, o papel com o recado da filha lhes anunciava:

VOU EMBORA PARA SEMPRE DESTA ALDEIA MISERÁVEL. NÃO TENTEM ME BUSCAR. JÁ NÃO PRECISO DE VOCÊS E SABEREI ME VIRAR PERFEITAMENTE BEM. DE HOJE

A afugenta-lobos

em diante farei exatamente o que imaginei desde pequena.

Estou levando o que me pertence legitimamente, como única herdeira que sou dos dois.

Espero que não façam drama disso: só me permiti adiantar – um pouco – o dia em que ambos estarão mortos (pois vocês não estão achando que são eternos, não é mesmo?)

Logo terei as riquezas que ambiciono, de modo que não cometam a estupidez de se preocupar comigo. Esqueçam que um dia tiveram uma filha. Quanto a mim, estou começando a perder a memória de minhas origens.

Já a perdi. Até nunca mais.

Lupe

Depois de muito se lamentar, depois de chorar até esgotar suas lágrimas, dona Amparo e seu José Maria se isolaram em seu sofrimento e resolveram seguir as recomendações da filha. O que mais podiam fazer?

Para os três ou quatro parentes que tinham no lugar e para os vizinhos curiosos, eles mentiram.

– Lupe foi para Madri, como dama de companhia de uma senhora muito distinta que, de passagem por aqui, ficou encantada com sua inteligência e beleza – eles comentavam, enquanto, por dentro, pediam a Deus e a todos os santos que velassem por ela, que tivessem piedade de sua alma, apesar da profunda mágoa que Luperca lhes causara com seu adeus, com a crueldade das palavras de despedida.

Os desencantadores

Alguns meses depois da partida de Lupe, dona Amparo já não resistiu à dor e morreu de repente. Quanto a seu José Maria, buscou ajuda enganosa no vinho e se tornou um bêbado a quem ninguém dava atenção. De qualquer modo, seu grande sofrimento durou pouco: menos de um ano e meio depois do falecimento da esposa, encontraram-no jogado num mato perto da aldeia. Morrera com um tiro na têmpora, disparado por ele mesmo.

Luperca, já casada com o senhor Ramiro de Guzmán, jovem de estirpe nobre e de grande fortuna, nunca soube do destino trágico dos pais. Além do mais, pouco lhe teria importado, pois sentia-se triunfante desde que apanhara em suas redes o rapaz mais bonito e rico de Murcia, cidade à qual ela acabara chegando depois de abandonar sua casa natal.

Ela havia conquistado o senhor Ramiro – assim como boa parte da alta sociedade murciana a que ele pertencia – devido à sua bela aparência, seus modos e sua inteligência extraordinária.

Ramiro de Guzmán tinha sucumbido à presença de Luperca como um cordeiro diante dos lobos. Honesto como era, como ele iria desconfiar daquela mocinha deslumbrante, que aparecera em sua vida justo quando ele se achava mais solitário?

Órfão desde menino e sob a responsabilidade de tutores, Ramiro não vacilou em lhe oferecer casamento. Não se importava em desconhecer sua origem, em desafiar o mundinho bobo que o rodeava, atraído apenas por sua imensa fortuna.

— Luperca não — ele pensava.

Mas Luperca sim, e Ramiro nem tinha idéia do quanto.

O caso é que a moça tinha se casado — é óbvio — ocultando suas verdadeiras intenções.

— Logo serei a única dona das riquezas de meu marido — dizia a si mesma, com um brilho de malícia nos olhos.

Hipócrita como era, fazia de tudo para que Ramiro confiasse nela cada dia mais e para intensificar o amor que o jovem lhe dedicava.

— Querida Lupe — ele disse certa noite. — Se eu morrer antes de você, o que seria de esperar, pois sou alguns anos mais velho, desejo que me enterrem com esta jóia que uso desde pequeno e que, como você sabe, era a favorita de minha mãe.

Então Ramiro lhe apontou a corrente de ouro maciço que ele trazia pendurada no pescoço, por cima da camisa. Era uma jóia de argolas grossas e dela pendia um relicário coberto de esmeraldas e outras pedras de valor.

— Comparada com a fortuna incalculável que, por sorte, poderei deixar para você, esta jóia não significa nada, embora na verdade seja muito cara. Conforme já lhe mostrei, Lupe, dentro do relicário eu guardo os retratos dos meus pais e algumas mechinhas do seu cabelo. Eu não gostaria de me separar deste tesouro de estimação, nem depois de morto. Você me promete?

O olhar de Luperca e o abraço que ela lhe deu, ambos falsamente comovidos, convenceram Ramiro de que sua última vontade seria respeitada, e ele não voltou a falar no assunto.

Certa manhã, inventando uma desculpa qualquer para sair sozinha, Luperca se dirigiu até uma casinha dos arredores da cidade de Murcia. Ela ficara sabendo que lá morava uma velha bruxa e estava disposta a consultá-la. Não queria que ela lhe adivinhasse o futuro, nada disso. A moça malvada queria comprar um veneno que matasse sem deixar vestígios.

Em troca de três das inúmeras e valiosas pulseiras que Ramiro tinha lhe dado de presente, ela conseguiu uma poção mortífera.

– Ao longo de uma semana – aconselhou a bruxa –, despeje algumas gotas deste líquido na água que a pessoa da qual você está tentando se livrar for beber. Logo ela irá adoecer e morrer, sem que os médicos consigam explicar o motivo. Você não correrá nenhum risco de ser acusada. Juro por Lúcifer e todos os seus infernos.

Lamentavelmente para o bom Ramiro, as palavras da velha se cumpriram ao pé da letra e Luperca passou a ser "a viúva do senhor Guzmán", exatamente sete dias depois do encontro tenebroso.

A fortuna inteira do infeliz rapaz passou a ser de propriedade dela.

Qualquer outra pessoa se daria por satisfeita ao se ver dona de uma herança tão fabulosa; Luperca não. Sua ambição era ilimitada. Por isso, a partir do

A afugenta-lobos

instante em que o cadáver do marido foi colocado na capela do palácio – para ser velado –, só conseguia pensar em apoderar-se também do relicário dele.

Teria que agir com muita cautela, para não ser descoberta. Ramiro jazia exposto à dor dos amigos, e em seu peito luzia aquela jóia que todos conheciam. Sobre ela estavam cruzadas suas mãos, rígidas como o resto do corpo.

Horas antes do enterro, em plena madrugada, Luperca apelou para sua incrível hipocrisia e foi buscar – aos prantos – o sacristão da capela para abrir o recinto.

O homem, que dormia num quarto dos fundos, levantou-se imediatamente, emocionado com a presença da jovem, que implorava:

– Abra a capela, pelo amor de Deus, pois preciso ficar um pouco a sós com meu esposo amado.

Ela estava carregada de flores recém-colhidas.

Um pouco depois, Luperca estava junto do caixão de Ramiro, com a coragem suficiente para executar o último passo de seu plano.

– Vou tirar o relicário – ela pensava – e depois cobrir o peito dele com todas estas flores. Assim, ninguém vai notar a falta da jóia na hora de fechar o caixão.

Cercado de velas que ainda queimavam, Ramiro estava prestes a sofrer a derradeira pilhagem.

Muito impressionada com o que tinha que fazer – apesar de sua maldade –, Luperca então se incli-

Os desencantadores

nou sobre o corpo do marido. Seu rosto quase encostava no dele.

Teve que fazer muita força para descruzar suas mãos hirtas apoiadas sobre a corrente e erguer seus braços. Mas conseguiu. No entanto, assim que o fez, no instante em que ia lhe tirar a corrente, os músculos mortos voltaram imediatamente à postura anterior, devido ao estado de rigidez.

Foi assim que – aterrorizada – Luperca sentiu-se repentinamente prisioneira do abraço do esposo.

Seus gritos de pavor alarmaram o sacristão, que voltou depressa à capela. Depressa, mas não a tempo de resgatar a jovem do susto mortal. Encontrou-a também morta – como Ramiro – e com o pescoço preso entre os braços gelados do marido.

Só quando viu as flores espalhadas pelo chão, junto do ataúde, e aquelas tenazes entre as mãos da viúva, sobre uma argola meio quebrada da corrente de ouro, foi que ele conseguiu entender o que tinha acontecido.

E viveu para contá-lo.

Mal de amores

Pela calçada larga e arborizada da rua Honduras – onde começa esta história – vem caminhando um grupinho de colegas de escola logo depois de terminadas as aulas do turno da tarde.

Eles são Paco, Celeste, Fabrício, Román e Tamir, que todas as sextas-feiras prolongam seu encontro e seus estudos na casa da menina citada em último lugar.

Nadia – sua irmã mais velha, que já está no segundo ano da universidade – trabalha em casa como professora particular. Ela está preparando os cinco amigos para ingressarem no segundo grau. A matéria: Língua.

Mês de setembro destemperado. O vento transforma em pássaros estranhos os papéis jogados pelas pessoas – desavisadas –, aqui e ali. Eles sobrevoam o calçamento do bairro de Palermo Viejo, e Tamir se compraz ao pensar que são avezinhas de verdade e

Os desencantadores

que só se soltam à sua passagem quando Fabrício olha para ela, como naquele momento.

Vão conversando.

Fabrício não a olha de nenhum modo especial, e o tema da conversa gira em torno dos nomes – nada romântico, decerto –, mas, cada vez que sua atenção desperta, Tamir imagina que o dia se transfigura para eles dois. Então vê coisas que os outros nem supõem, de tão secretamente que ela está apaixonada por Fabrício, desde que começaram a sétima série.

– Claro que eu sei que seu nome é "Mirta" e não "Tamir"; e que "Nadia" se chama "Diana"... mas que engraçados os seus pais... Quer dizer que no seu irmão eles também puseram um apelido usando o "versoin"? – diz Fabrício. – Pois não é comum na Argentina um menino ser batizado de Odin... mas... não me ocorreu que fosse "Dino", também pronunciado ao inverso... Ainda bem que eles se preocuparam em arranjar nomes que contêm outros que são "potáveis", senão... – e aí Fabrício compartilha com o resto do grupo o que acaba de descobrir, elevando a voz. – Para sua família eu seria "Ciofabri"... E ela: Lestece! Mas o pior seria para Paco e Román... Simplesmente "Copa" e "Manro". Ridículo, não?

Enquanto Fabrício fala sobre o assunto com os outros – que se divertem entre sorrisos –, os papéis que o vento sopra voltam a ser papéis. A magia se rompe para os olhinhos sonhadores de Tamir.

Então ela explica aos colegas que a escolha foi propositai, que sua mãe selecionou – cuidadosamen-

Mal de amores

te – os nomes dos três irmãos, que ela queria que contivessem dois em um, que "vocês sabem que ela é louca por palavras, escreve poemas e tudo", e patati e patatá.

Ao som do "i" do "patati" chegam à casa dela... e ao desfilar dos "a" do "patatá" Nadia vem recebê-los, pela porta da rua, que se abre a alguns metros da esquina das ruas Honduras e Medrano.

Aquela tarde Nadia ataca com a revisão dos verbos defectivos.

– Quem se oferece para defini-los? – ela pergunta.

Expressão de fastio em todos os rostos menos em um, o de Fabrício. Ele está sempre disposto a responder a qualquer pergunta feita por Nadia. Muito bem disposto.

– Quando vai trazer uma maçã de presente para a professora, "puxa-saco"? – brinca Román.

– Só mesmo o Fabrício para se dar bem com a Nadia, não é? – acrescenta Paco.

Celeste e Tamir dão risada, enquanto Fabrício, com gestos e pronúncia propositalmente afetados, recita que "chama-se verbo defectivo aquele que não se conjuga em todos os tempos e pessoas. Por exemplo, se tomarmos o verbo 'abolir', diremos 'abolia', 'abolirei' e 'abolindo', mas não poderemos conjugá-lo nas pessoas que teriam 'a' ou 'o' depois do 'l'. Entenderam, seus burros?"

– Parabéns, Fabri, você é o único que estuda como se deve – diz Nadia.

Os desencantadores

— São louquíssimos esses verbos! — Paco opina.

Para quê! A partir de seu protesto bem-humorado desencadeiam-se as críticas dos outros. (Menos de Fabrício, é claro, pois invariavelmente ele concorda com Nadia.)

— Se eu fosse Presidente da República e tivesse que revogar uma lei, utilizando o verbo "abolir"... como eu faria? — exclama Román.

— Você diria "abolo", e os membros da academia de letras o expulsariam!

— Vontade de complicar é o que não falta!

— E por acaso não existem os sinônimos? — intervém Nadia.

— Claro! — diz Fabrício, e ele atordoa os colegas com a exposição de uma lista que ele sabe de cor e que nem um papagaio supertreinado conseguiria repetir melhor: — Revogar, cancelar, anular, derrogar...

O "Muito bem, Fabrício!" de Nadia se sobrepõe às queixas de Román, Celeste e Paco.

— Não significam *exatamente* a mesma coisa!

— Por que essa insistência em impedir a lógica na língua?

— Por que não se pode dizer "eu abolo", "que ele abula"?

— Ia embolar tudo!

A conjugação de "abolir" se transforma numa grande brincadeira para os jovens.

Nadia tenta, em vão, impor ordem (secundada por Fabrício que grita: "Silêncio, seus burros!"), mas

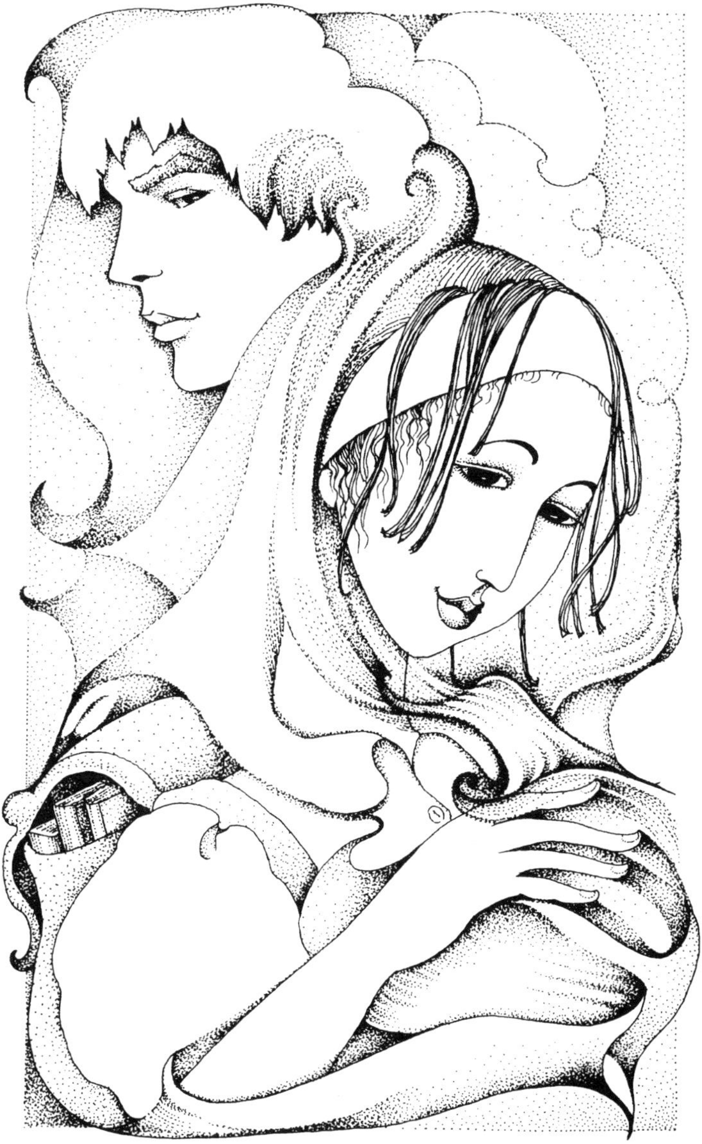

Os desencantadores

é evidente que ela também se contagiou e ri do que chama de "arbitrariedades idiomáticas".

Certa de que seus alunos estão brincando, convencida de que o que se aprende com alegria é inesquecível e de que eles sabem muito bem que esse tipo de conjugação costuma cair nos exames de ingresso ao segundo grau, ela até aceita que eles cantem em coro e em ritmo de *rock*:

> Tu abolias...
> Ele abolia também...
> (embora este verbo
> não saiba ninguém...)
>
> E abolindo sem saber
> (sem nada entender)
> seremos aprovados
> ao dizer:
> Eu abolirei...
> Tu abolirás...
> (mas *no presente*
> nunca poderei
> nunca poderei
> nada abolir:
> Tudo como sempre
> Há de seguir!)

Estranhando a pouca participação da irmã mais nova nessa brincadeira verbal, Nadia lhe pergunta:

– E você, Tamir, o que você aboliria, se pudesse?

Sempre concentrada em observar Fabrício, a menina é pega de surpresa e só consegue responder:

Mal de amores

– Ah... Eu aboliria os amores impossíveis.

E, no sobressalto quase imperceptível que a resposta provoca em seu colega, mas que ela pega no ar, Tamir lê a confirmação de que com ele está acontecendo a mesma coisa: está secretamente apaixonado e não tem coragem de admitir.

Aquela noite, ela se propõe vencer a timidez – pelo menos em parte – e dar ao menino pistas claras que o conduzam a seu coração; incentivá-lo para que ele se anime a compartilhar – finalmente – o amor calado que os une.

– "Abolirei" o silêncio entre os dois, é isso – ela pensa, antes de adormecer e reencontrar Fabrício em seus sonhos mais doces.

A partir desse dia e quase até a véspera do exame de ingresso, a menina busca qualquer pretexto para o garoto ficar sabendo que é seu preferido.

E ele fica sabendo, é claro, e essa descoberta o enche de alegria:

– Vou confessar a Tamir o que sinto... – ele planeja. – Quem melhor do que ela para compreender por que me mantive mudo por tanto tempo? Quem melhor do que ela para entender meu entusiasmo pelas aulas das sextas-feiras...? Juntos, então... em sua própria casa... como se fôssemos namorados... com visita aceita pelos pais dela e tudo...

Na última sexta-feira antes do exame, Fabrício imagina um jeito para os dois irem caminhando sozinhos até a aula particular, sem a companhia habitual de Paco, Celeste e Román.

Tamir é um metro e cinqüenta de ilusões!

– Ai que emoção! Aposto que hoje ele vai me dizer o que quer!

Vão andando lentamente pela rua Salguero, que desemboca na esquina da Honduras com a Medrano, quando o menino se detém de repente e, de um salto, se põe na frente de Tamir, obstruindo sua passagem, de braços abertos em cruz.

– Um momento, senhorita, por favor – Ele diz. – Você é minha melhor amiga, não é? – e as palavras se despregam tão abruptamente da pele de sua alma que até ele se surpreende.

A contida cascata de amor se despeja então aos borbotões sobre a tarde e sobre os ouvidos esperançosos de Tamir.

– Ele vai me dizer que me ama... – ela imagina. – Vou desmaiar!

E, se ela não desmaia quando ouve a ardente confidência de Fabrício, é "porque Deus existe", conforme Tamir murmura algumas horas depois, já na solidão de seu quarto, quase ao amanhecer, e com o rostinho enfiado no travesseiro de lágrimas. Ela não sabe que a dor acaba de fazê-la crescer de repente.

– Preciso lhe contar o que está acontecendo comigo, Tamir... Só pode ser para você! Senão vou acabar arrebentando – dissera Fabrício, tão corado que até parecia ruivo. – Sofro como um condenado na cadeira elétrica cada vez que sento numa cadeira na sua casa, às sextas-feiras... Tão perto... e no entanto tão inviável... Porque meu amor é impossível, Tamir... Impossível... Ah... Que desgraça... Estou mais do que apaixonado... por... sua irmã Nadia...

O novo Frankenstein ou
Conto de depois de amanhã

Todos o chamavam de "Camundongo".
Fraquinho, moreno, de feições miúdas e esperto, poucas vezes um apelido corresponde tanto a quem o inspirou.

Ele fazia parte dessa multidão de criaturas as quais geralmente se conhecem como "meninos de rua", abandonados à própria sorte diante da indiferença da cidade grande.

Buenos Aires os via (e os vê) perambulando pelos bairros centrais, por terminais de ônibus e estações de trem, percorrendo metrôs e restaurantes, em busca das esmolas com que a caridade das pessoas pretende aliviar, em parte, sua miséria cotidiana.

O Camundongo integrava um grupinho de "abre-e-fecha-portas" de automóveis particulares, táxis e limusines, aqueles veículos luxuosos de grande porte, de cujos passageiros ele costumava receber as gorjetas mais importantes por seu trabalho.

Os desencantadores

Não era uma tarefa tão fácil como poderia parecer. A dois por três eram maltratados por passageiros ou motoristas, ou escorraçados pelo porteiro do grande hotel em cuja entrada o Camundongo e seus companheiros se postavam. Mas eles insistiam e voltavam a abrir e fechar portas, como se nada tivesse acontecido.

Certa manhã, a limusine mais deslumbrante que o Camundongo jamais tinha visto parou a seu lado. Com seu sorriso largo de segundos dentes recém-saídos, novinhos em folha, o garoto se preparou para abrir a porta do passageiro.

Assim fez. E, impressionado com a figura elegante do cavalheiro que desceu, resolveu inclinar-se numa reverência, ao melhor estilo de pajem diante do rei. Depois, estendeu a mãozinha à espera da gratificação monetária.

Essa atitude, acrescentada à simpatia que – naturalmente – transbordava de cada gesto do Camundongo, agradou ao homem, tanto quanto o comovia seu desamparo. Além de lhe dar uma nota de valor alto, também lhe acariciou a cabeça e lhe falou, mas numa língua estrangeira.

Aquelas palavras teriam sido incompreensíveis para o Camundongo, se o motorista não tivesse atuado como tradutor, embora se percebesse que também era estrangeiro.

– Meu patrão quer saber como é seu nome, garoto. Ele diz que achou você muito simpático. Está

O novo Frankenstein ou Conto de depois de amanhã

admirado de que apesar de tão novo já esteja trabalhando. Tem um filho da sua idade que só pensa em brincar... Ah, está lhe dando os parabéns pelos seus modos e diz que gostaria de vê-lo de novo hoje à tarde, às sete horas, quando sair da reunião de empresários para a qual veio, e durante os três dias de sua permanência neste país. Quer que você seja seu "abre-portas pessoal". Aceita?

Quase engolindo a resposta – por estar sendo tratado com tanto afeto e por ser uma proposta tão insólita –, o menino disse que o chamavam de "Camundongo", que tinha oito anos, que era órfão e que, é claro, às sete estaria ali, em seu posto. Também no dia seguinte, às nove, e – depois – sempre pontualmente de manhã e à tarde, até que o cavalheiro fosse embora da Argentina.

Cumpriu sua promessa. E seu trabalho foi premiado como nunca, pois, além da vultosa soma em dinheiro que foi parar em seu bolso, o Camundongo também recebeu uma calça *jeans*, um macacão, uma jaqueta e um tênis de marca famosa.

Depois da noite de despedida do estrangeiro – que lhe informou que voltaria a Buenos Aires dali a três meses –, o garoto caminhou para a estação onde costumava dormir dentro de um vagão de carga fora de serviço, junto com seu pequeno grupo de amigos.

Quando se juntou aos outros e lhes contou o que tinha acontecido, quase não acreditaram nele. Só se convenceram quando o Camundongo colocou suas notas de dinheiro na caixa em que eles coletavam as

Os desencantadores

gorjetas – para reparti-las em partes iguais – e lhes mostrou a roupa e o calçado novo que trazia embrulhados.

– O gringo me disse que, quando voltar, vai me trazer uma mala cheia de roupas que seu filho não usa mais. Disse que ele tem a mesma idade que eu, mas é muito alto, de modo que tem um monte de camisas e calças que não servem mais.

E aquela noite o Camundonguinho dormiu sonhando com o estrangeiro de quem havia recebido uma das poucas demonstrações de carinho de sua vida tão curta.

Não havia se passado nem um mês depois daqueles primeiros encontros com seu "padrinho" – como ele gostava de imaginá-lo –, quando a volta dele a Buenos Aires pegou o menino de surpresa. Ainda mais porque a limusine tinha ido procurá-lo, segundo disse o motorista, que continuava servindo como intérprete entre o patrão e ele.

– Ainda bem que você nos disse qual a estação que é como se fosse sua casa... Caso contrário, não teríamos conseguido localizá-lo, Camundongo – repetia o chofer. – O patrão teve de fazer uma viagem de emergência para acertar uns negócios e teria ido embora muito decepcionado se não tivéssemos encontrado você. Ele viaja hoje à noite e teria o maior prazer em levá-lo para dar um passeio...

Era uma sexta-feira, depois do almoço, momento em que o Camundongo abria e fechava portas na calçada da estação da estrada de ferro, antes de ir para o grande hotel. O dinheiro que ele conseguia juntar ali não era muito, mas também não era a hora de maior movimento de turistas chegando ao hotel.

– No porta-malas está a mala cheia de coisas que lhe prometi, garoto, e um presente fantástico... Vamos dar uma volta durante esse tempinho livre que você tem?

O Camundongo não pensou duas vezes: encantado, subiu na limusine. O estrangeiro lhe deu um abraço de boas-vindas.

Que carro extraordinário! Telefone, minitelevisão em cores, geladeirinha cheia de bebidas...

E foi – exatamente – uma bebida, um refresco delicioso que ele tomou, a última coisa que o menino registrou no gravador de suas lembranças daquela tarde. Ao mesmo tempo – e girando em sua mente até se esfumar –, a imagem do rosto repentinamente tenso, alterado, muito triste, do estrangeiro.

Não chegou a lhe perguntar por quê. De uma hora para outra, adormeceu profundamente enquanto o carro circulava – a toda – rumo a um aeroporto particular.

Quando acordou, o Camundongo foi se dando conta – aos poucos – de que estava com as mãos e os pés amarrados a uma cama, num lugar estranho. A primeira coisa ele notou quando tentou se mexer e não conseguiu. A segunda, ao ouvir – à sua volta – vozes falando um idioma indecifrável para ele, tão desconhecido quanto o do homem da limusine.

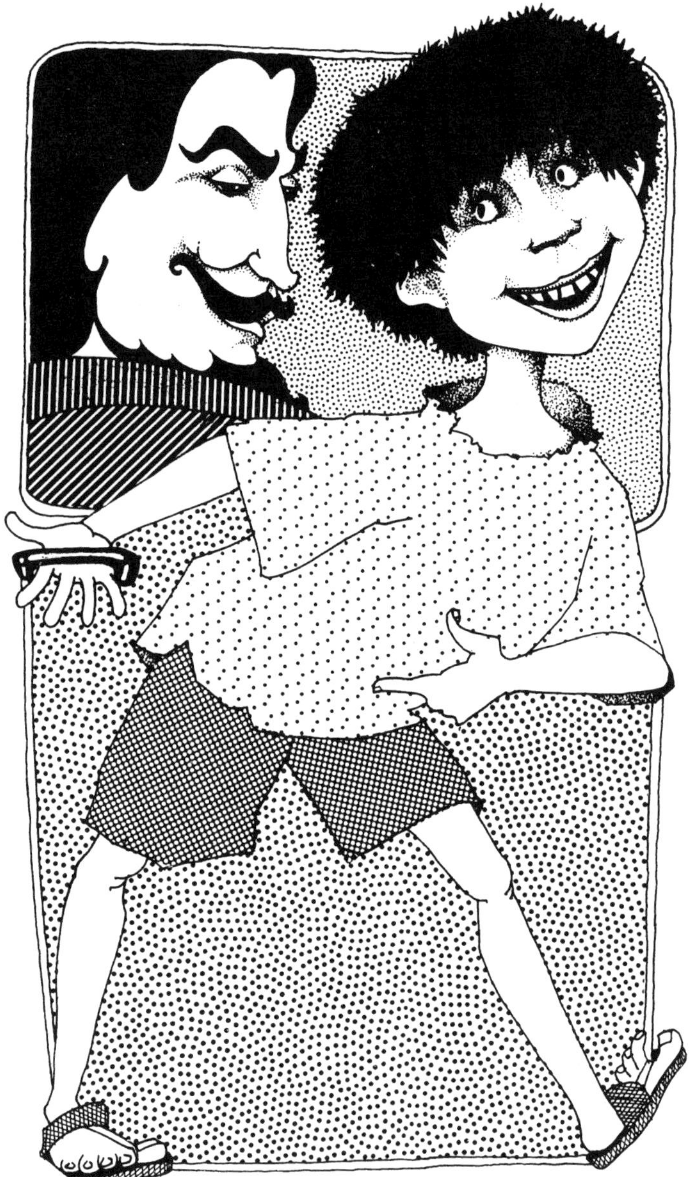

O novo Frankenstein ou Conto de depois de amanhã

Um cheiro forte de desinfetante invadia o ambiente.

Tentou abrir os olhos, gritar, mas não conseguiu. Percebeu que estava amordaçado, com as pálpebras tampadas. A boca e o olhar em espantosa clausura.

Os braços lhe ardiam na pele oposta aos cotovelos; doíam-lhe muito o nariz e a região da bexiga; parecia que sua cabeça ia arrebentar. E aquele barulho tipo "bip-piribip-bip-bip" que ouvia sem saber de onde vinha?

Se pudesse ver a si mesmo, o Camundonguinho saberia que estava – sim – preso a uma cama e dentro de uma unidade de terapia intensiva de um hospital.

Com a cabeça enfaixada como uma múmia. Com um tubo nasogástrico ligado ao corpo e por meio do qual era alimentado por líquidos. Injeções intravenosas nos dois braços. Um cateter colocado na bexiga para coletar sua urina. Ligado a cabos que partiam de seu tórax e se prolongavam até um monitor cardíaco. Com outro tubo enfiado debaixo de uma clavícula para lhe controlar a pressão...

Assim estava o pobre Camundongo.

– O que me aconteceu? Onde estou? – ele pensava, apavorado. – Será que estou sonhando ou estou morto? Será esse o inferno de que nos fala o padre da vila onde mora o Napolitano, meu amigo?

Horas depois, o menino ouviu passos que se aproximavam. Era mais de uma pessoa. Ouviu então uma versão do que tinha acontecido.

Ainda continuava amarrado à cama e na mesma situação de antes.

Os desencantadores

Falou-lhe uma voz que lhe soava vagamente familiar (a do motorista do estrangeiro, talvez? Difícil afirmar. Já não tinha certeza de nada). A voz se dirigia a ele em castelhano e anunciava:

– Você sofreu um grave acidente no mar, D. D. Uma onda gigante virou o veleiro em que você navegava com uns amigos. Eles saíram ilesos, por milagre. Em compensação... beeem... você foi resgatado inconsciente, D. D., e assim ficou muitos dias. Fratura de crânio, hemorragia cerebral... Como explicar? Você permaneceu como um vegetal durante semanas. Teve de ser operado. Não sei se agora está mais claro o que aconteceu, D. D. Uma cirurgia cerebral, entende? Mas o pior já passou, embora você ainda esteja com amnésia total e não se lembre de absolutamente nada do seu passado. Ah... o golpe também afetou a sua linguagem. Você esqueceu seu idioma materno, mas, curiosamente, não o castelhano, que sua professora lhe ensinou. Não fique assustado, D. D., os médicos estão otimistas. Acham que você vai se recuperar. Devagar e aos poucos, mas vai. Espero que tenha entendido pelo menos em parte o que lhe contei, garoto. Seus pais estão o tempo todo rezando pela sua cura, assim como seus colegas de escola. Logo você vai estar em casa de novo. Paciência, meu querido. Logo vão lhe tirar as vendas... as sondas... os tubos... Finalmente... Falta pouco para você sair desta clínica, D. D.

O medo que o Camundongo sentiu ao saber do que lhe tinha acontecido (de acordo com o que aquele homem acabava de contar) foi indescritível. Estava apavorado. Muito, muitíssimo mais do que no momento em que tinha acordado.

Seus pensamentos se atropelavam – confundindo-o –, e ele entendia cada vez menos. Nada, na verdade.

Que absurdo era aquele do acidente no mar? Pois ele nem conhecia o mar...

E por que o tinham chamado de D. D.?

"Eu sou o Camundongo! Moro em Buenos Aires! Não tenho pais nem vou à escola!", ele queria gritar. "Desamarrem-me! Tirem-me estas vendas; tirem-me daqui!"

Mas não conseguia articular uma palavra.

Então, um longo alarido se soltou de sua garganta; um gemido como o de um animalzinho indefeso sendo escorraçado a pauladas.

Imediatamente alguém lhe deu uma injeção e o menino desesperado voltou a mergulhar no silêncio e nas areias movediças de seus sonhos.

Acordar e compreender que ainda estava na clínica... Que sensação horrorosa para o Camundonguinho!

Já não estava amarrado à cama. Umas mãos lhe tiravam as faixas da cabeça, enquanto uma voz de mulher, entre soluços, repetia: – D. D. ...! Oh, D. D.! –, e uma voz de homem lhe fazia coro.

Era a voz do estrangeiro que o tinha convidado

para entrar na limusine! Conseguia identificar perfeitamente seu "padrinho"!

Apavorado, o Camundongo permaneceu imóvel durante os minutos necessários à tarefa de livrá-lo de vendas, tubos, sondas e outros instrumentos. Finalmente, ele se animou a abrir os olhos e a se sentar – penosamente – na cama.

Olhou à sua volta, impelido por uma curiosidade insuportável, tão insuportável quanto seu medo, e então teve a impressão de ser ator de um filme de ficção científica, daqueles que às vezes passavam na vila em que morava o Napolitano, especialmente para as crianças... mas que faziam tanto sucesso entre os adultos. O que ele sabia de unidades de terapia intensiva tão sofisticadas como aquela? Devia ter sido capturado por uma nave extraterrestre, onde estava rodeado de monstros verde-nilo, que usavam até botas, num recinto muito estranho, cheio de aparelhos e telas como as de televisão.

O que sabia o Camundongo de uniformes de neurocirurgiões e seus equipamentos de apoio, monitores que eram produtos da mais avançada tecnologia posta a serviço da medicina? Afinal, nunca tinha tomado nem mesmo uma vacina...

O Camundongo percorreu com o olhar os rostos – meio cobertos por máscaras – dos seres que estavam ao lado de sua cama. Não havia dúvida: eram os olhos de "seu" padrinho que o contemplavam, chorosos. Ao seu lado, uma mulher que vá lá saber quem era. Os dois repetiam: – D. D. ... Oh, D. D. ...

O novo Frankenstein ou Conto de depois de amanhã

Então – aturdido – ele se deu conta de que suas pernas não eram as suas.

Nem seus braços... nem suas mãos...

Passou a mão pelo queixo, tocou a testa.

Outras orelhas, outro nariz, outros lábios.

Quase berrou, pedindo um espelho.

Alguém se aproximou – com gestos serenos – como se ali estivesse acontecendo a coisa mais natural do mundo.

Em todos os que estavam no recinto, a mesma expressão de serenidade. Só podia perceber uma certa expectativa dos outros pela conduta *dele*.

O Camundongo pegou o espelho que lhe trouxeram e se olhou.

– O que fizeram comigo, monstros! – ele gritou, com toda a sua energia. – O que fizeram comigo? Eu não sou D. D., sou o Camundon... Sou... – transpirando pânico, ele desmaiou.

O que tinha acontecido – exatamente?

É preciso chegar à beira de um precipício. Bem na beirada, mesmo. Tragar a vertigem como se fosse saliva. Talvez assim seja possível suportar a verdade desta história. Como que expulsa da realidade, revelada sob a forma de um conto estremecedor.

A verdade: o seqüestro do Camundongo... seu traslado da Argentina para outro país... a pilhagem de seu cérebro...

O impiedoso plano do estrangeiro da limusine, o "padrinho", tivera um êxito sem precedentes.

Os desencantadores

Sua fortuna havia comprado a cumplicidade do motorista-intérprete e da equipe de profissionais da prestigiosa clínica especializada em transplantes. E também o juramento de segredo absoluto em torno da sinistra intervenção cirúrgica realizada.

– Afinal – justificavam-se, atenuando culpas –, uma criatura miserável se transformaria nada menos do que no filho único do multimilionário casal P.

O sr. P. afirmava, inclusive, que o havia *eleito*, que ele lhe despertava muito carinho, que era como adotá-lo, embora com vantagens incalculáveis, que ele só avaliaria quando crescesse... E era suficientemente pequeno para poder ir se acostumando a outra identidade, para aprender seu novo idioma sem maiores dificuldades, para que o convencessem de que fora vítima de um acidente que estava afetando sua razão e para se integrar à família como membro legítimo...

Além disso, quem iria reclamar do desaparecimento de um menino de rua? Quem iria desconfiar dos P.? Quem iria suspeitar que o cérebro de um garotinho argentino agora vivia no corpo de D. D. P., dentro daquele recipiente de carne e ossos, exclusiva propriedade privada de seus pais, que haviam resolvido conservá-la a todo custo?

E o verdadeiro D. D.?

O infeliz tinha morrido, descerebrado, poucas horas antes de raptarem o Camundongo. Sua morte fora conseqüência do acidente no mar, sim, mas seus conhecidos o ignoravam. Com exceção dos pais, do motorista e do grupo médico responsável pelo transplante, todos achavam que D. D. estivesse vivo.

D. D. ...

Mantiveram seu corpo com todos os órgãos funcionando perfeitamente (exceto o cérebro, é claro) até se concluir o transplante.

Aos parentes e amigos, à professora e aos empregados domésticos, disseram que D. D. estava em estado de coma profundo, mas que havia esperanças de recuperação. E, também, que era provável que – durante um período de tempo imprevisível – a lesão que o menino tinha sofrido provocasse alguns efeitos desagradáveis, apesar do sucesso da cirurgia a que fora submetido.

Para começar, ele estava amnésico – diziam –, não reconhecia ninguém, nem a si mesmo, e – mistérios da mente humana – só se lembrava do castelhano. Falava com muita dificuldade e seu vocabulário era limitadíssimo.

D. D. precisaria de uma ajuda psicológica inusitada para superar o choque e voltar às atividades normais. No entanto, "Somos gente de fé e esperamos que nosso filho recupere a saúde", comentava o casal P. O importante era que D. D., único herdeiro de suas riquezas e de seu nome, estava com eles.

Passaram-se vários anos. A readaptação prognosticada não ocorreu.

Irrecuperável para o mundo exterior, o Camundonguinho circulava pelos labirintos de um mundo

Os desencantadores

muito próprio, inacessível. Vivia desligado dos outros e do ambiente, como se fossem invisíveis para ele.

Sua resistência diante da crueldade a que o haviam exposto se rompera – completamente – naquele dia já distante em que lhe permitiram olhar-se no espelho.

Ele andava – silencioso – pelo parque da mansão dos P. e só parecia reanimar-se um pouco quando chegava algum automóvel à esplanada interna da residência. Então via-se o menino correr até lá – meio desconjuntado – bem a tempo de abrir e fechar as portas dos carros, enquanto murmurava: – Camundongo... Eu sou o Camundongo.

Parentes por parte de cão

A fábrica em que o pai de Manucho trabalhava – desde jovem – tinha fechado, transformando-o em mais um desempregado, entre tantos milhares. Um desempregado de quarenta e sete anos, com muita experiência em sua especialidade mas com pouca probabilidade de conseguir um emprego semelhante ao que perdera.

Quantas cartas ele enviava, respondendo às ofertas que apareciam nos anúncios dos jornais! No entanto, nas poucas oportunidades em que o chamavam para uma entrevista, os selecionadores de pessoal sempre lhe diziam que ele era "exatamente o indivíduo indicado para aquele cargo... no entanto – compreenda – a empresa se decidiu por alguém com as mesmas habilidades... porém bem mais novo do que o senhor..."

De repente, sua idade tornou-se um impedimento insolúvel.

Os desencantadores

O que fazer quando alguém precisa, quer trabalhar, tem capacidade para isso mas a volta ao mundo do trabalho só parece ser possível até os trinta e cinco anos?

Enquanto insistia nos anúncios e visitava – para oferecer seus serviços – todos os empresários que havia conhecido nas décadas em que fora capataz da fábrica agora fechada, ao bom homem só restou aceitar algumas horas como motorista do táxi de um ex-colega, e, ainda assim, com o que ganhava mal dava para pagar o aluguel do apartamento em que moravam.

– Melhor do que nada – ele pensava. – Com três filhos para sustentar, não vou me fazer de difícil...

– Você vai acabar conseguindo alguma coisa melhor – consolava a mulher, que era professora. – Enquanto isso, vamos nos arranjando com o meu salário, por menor que seja...

– Mamãe – disse um dia Manucho, quando acabavam de jantar –, estou com uma idéia girando na cabeça desde que o papai foi despedido: ... eu posso trabalhar.

As irmãs mais novas olharam para ele surpresas e entre risadas.

– Mas quem vai dar emprego para você, que acabou de fazer doze anos, garoto? – zombou a irmã do meio.

– O zelador, para ajudá-lo a descer os sacos de lixo! – acrescentou a caçula.

Manucho não deu bola – como sempre – para os comentários das meninas e continuou a dizer o que estava pensando.

Parentes por parte de cão

— Por minha conta — ele disse. — Vou ser trabalhador autônomo. Meu próprio patrão.

A mãe sorriu com ternura ao ouvir aquelas idéias e o pai lhe acariciou os cabelos ondulados, perguntando:

— E pode-se saber qual foi o trabalho que você escolheu?

— Levar cachorros para passear! Por acaso não sou eu que saio com o Bogart duas vezes por dia? — e apontou para um animalzinho preto engraçado, de raça indefinida, que dormia deitado ao lado da mesa. — Por que não aproveitar essas saídas para fazer meu negócio, hem? Além do mais, eu gosto de animais e, com a quantidade de cães que há neste prédio e nos prédios do quarteirão, não vão me faltar clientes! Vejam, já fiz os cartazes e os folhetos de propaganda!

Manucho pegou então um pacote que estava usando como almofada, abriu-o e mostrou a pilha de folhas de papel e cartazes que ele mesmo tinha escrito e ilustrado.

Nos cartazes — que eram para colocar nas lojas do bairro — e nos folhetos prontos para serem distribuídos via-se um monte de cãezinhos em torno da figura de um menino do qual saía um balão de história em quadrinhos, que dizia:

Senhoras e senhores, um cão que não sai para passear todos os dias é candidato aos caríssimos psicanalistas. Eu, Manucho, poupo-lhes problemas e dinheiro, pois cobro muito mais ba-

rato e, além do mais, sou perito em passear com cachorros. Consultem-me sobre turnos e horários, pelo telefone 3225, das doze e trinta às quatorze horas, de segunda-feira a segunda-feira. Seu melhor amigo lhe será grato.

Com as dificuldades econômicas que estavam atravessando, não custou muito para o menino convencer os pais a lhe permitirem começar – já no dia seguinte – seu trabalho de propaganda.

Claro que antes ele foi obrigado a prometer e reprometer que não descuidaria dos estudos, que seria muito pontual para buscar e devolver os clientes de quatro patas e que não iria com eles a outra praça que não fosse a que ficava a três quadras dali; e que – sobretudo – tomaria muito cuidado para atravessar as ruas.

As irmãs continuaram zombando do primeiro trabalho de Manucho, até a hora de dormir.

– Diarista? Empacotador de supermercado? Lavador de copos? Nãããão! Nós temos é um "cachorreiro" na família!

Algumas semanas depois – para surpresa das irmãs e emoção contida dos pais –, Manucho estava trabalhando a todo vapor. Os vizinhos o achavam simpático; confiavam nele, pois era educado e responsável.

– Vai à escola de manhã e trabalha à tarde. É um homenzinho – diziam.

Parentes por parte de cão

De segunda a sexta, ele levava sete cachorros para passear depois do almoço e seis às cinco da tarde. Ou melhor, oito e sete, porque Bogart não perdia nem uma saída. Corria uns metros à frente do dono e dos outros animais, firmemente presos às correias. Ele não, ele corria solto – como sempre – e parecia liderar os grupos até chegarem à praça.

Aos sábados e domingos a quantidade de clientes se reduzia à metade, pois muita gente aproveitava os fins de semana para sair da cidade.

E foi justamente num desses dias de trabalho mais leve que Manucho viu – na praça, e pela primeira vez – aquela menina. Tinha a idade dele e passeava – distraída – atrás de uma *poodle* branca, amarrada a uma correia muito comprida. Logo soube que era uma cachorrinha, pois a dona a chamava de Milka.

Manucho se aproximou imediatamente, cativado por aquela pessoinha de cara de boneca e trancinhas ruivas.

Bogart o seguiu trotando. Já estava começando a se engraçar pela cachorrinha coquete quando a menina recolheu rapidamente a correia e – com uns puxões – trouxe a cachorrinha para perto dela, ao mesmo tempo que gritava:

– Fora, bicho! Fora!

– O nome dele é Bogart – Manucho informou à ruiva exaltada. – E ele é meu.

A menina o examinou de cima a baixo.

– E esses três, girando ao seu redor, também são seus?

Os desencantadores

– Não. Eu os levo para passear.
– Ah, logo vi que não podiam ser seus. São de raça, como a minha. Mas esse aí... – e apontou para Bogart com um certo desprezo.
– Pode não ter *pedigree*, mas é mais inteligente do que os outros três juntos – disse Manucho, meio zangado. – E além do mais é manso. Não precisa proteger a sua Milka, ele não vai lhe fazer mal.
– É por causa das pulgas. Decerto ele está cheio de pulgas.

Era mais do que o menino podia suportar. Ofendido, afastou-se da garota sem se despedir, e durante a meia hora mais em que ele ficou na praça não voltou a falar com ela. No entanto, um sentimento novo começava a se manifestar nele: a ruiva o atraía muito, muito, apesar do seu jeito arrogante. Será que estava apaixonado? Será que era aquilo que as pessoas chamavam de "amor à primeira vista"? Mas ele nem sabia o nome dela! Ah, e Bogart também estava deslumbrado! Não pela menina, é claro, mas por Milka, de quem ele tentou aproximar-se – em vão – várias outras vezes enquanto ainda ficaram na praça.

Manucho passou a semana seguinte àquele encontro inicial pensando na ruivinha. Tinha esperança de vê-la de novo algum dia entre segunda e sexta-feira, mas a garota só apareceu na praça no domingo, com sua cadela de correia comprida.

Sem dissimular sua alegria, o menino correu para perto dela.

– Oi. Tudo bem? Aquela tarde eu me esqueci de perguntar duas coisas...

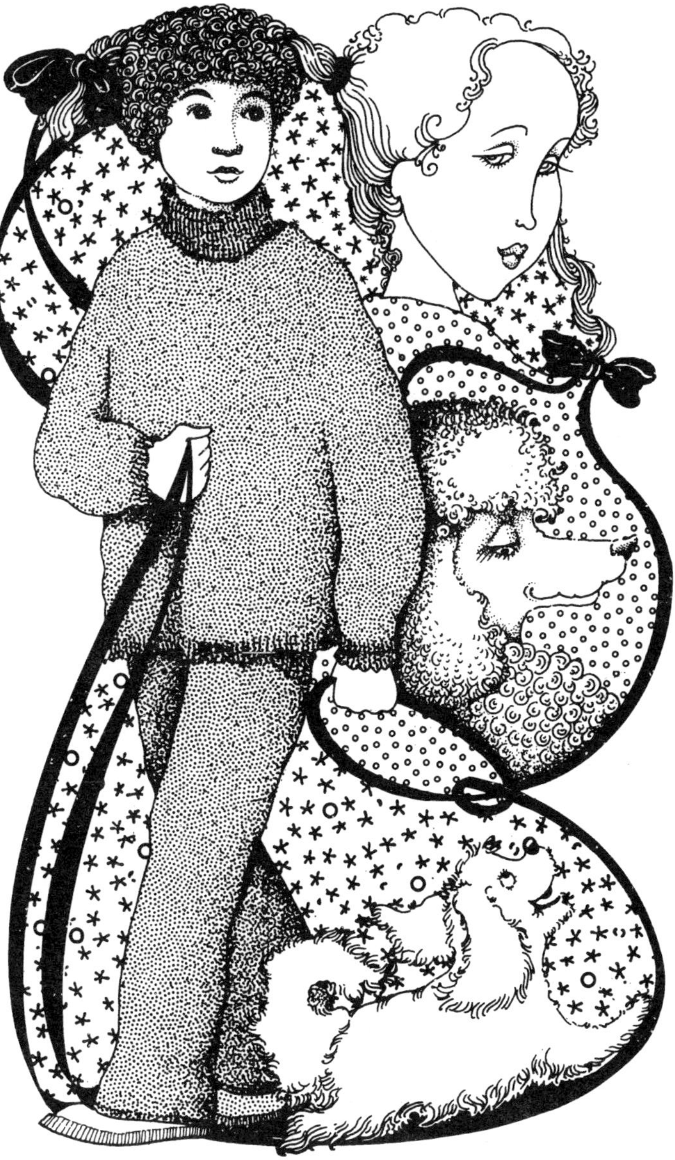

Os desencantadores

– O quê?

– A primeira é se essa correia tão comprida da sua cachorrinha é para empiná-la como uma pipa...

– Que bobo... E a outra?

– O seu nome... – ele disse, corando um pouco. – O meu é Manucho.

– Eu me chamo Graciana – ela respondeu, e o sorriso inesperado que acompanhou a resposta animou o menino a convidá-la para tomar um sorvete.

Só dava para comprar um, de modo que ele teve que mentir para a menina não perceber:

– Hoje eu não posso. Estou com dor de garganta.

A partir daquela tarde, Graciana e Manucho voltaram a se encontrar na praça todos os sábados e domingos. Ela até ia alguns dias da semana, dentro do horário em que sabia que ele estaria cumprindo seu ofício de passear com os cachorros.

Já não tinha medo de Bogart. Pelo contrário, às vezes até soltava Milka por alguns instantes, e era engraçado ver os dois brincarem, ele tão "cachorrinho", ela tão coquete.

Manucho se encantava cada dia mais e já não tinha nenhuma dúvida quanto aos seus sentimentos secretos:

– Estou apaixonado – dizia a si mesmo. – Será que tenho coragem de me declarar?

De qualquer modo, Graciana já tinha percebido e tirava partido da situação, a espertinha. Como? Ora, aceitando todos os seus convites para tomar sorvete ou refresco, não rejeitando os pequenos favores que

Parentes por parte de cão

ele lhe fazia, presentinhos – quase todos – dos quais ele se abastecia no quarto das irmãs sem elas perceberem. Eram delas as figurinhas que Manucho dava para Graciana, as balas, as pulseiras de linha, os papéis de carta com desenhos bonitos, os chicletes, os elásticos para prender tranças, as revistas de quadrinhos, os selos e até alguns daqueles livros de bolso minúsculos.

Manucho tinha sido capaz de se transformar em ladrãozinho para aquecer seu primeiro amor. O coitado não podia gastar mais do que o preço de dois ou três sorvetes por semana; tudo o que ganhava ia parar na magra carteira de sua mãe, mas ele dava um jeito para as irmãs não sentirem falta de algumas de suas coisas. Nunca pegava mais de dois objetos iguais – por exemplo –, e as meninas tinham uma quantidade enorme de bugigangas...

Uma tarde de sábado, meia hora antes de sair para buscar seus "clientes", Manucho decidiu que ia escrever uma carta para Graciana, confessando que estava apaixonadíssimo e propondo que eles fossem namorados.

– Se eu ficar esperando para dizer isso cara a cara – pensou –, nunca vou ter coragem.

Além disso, já tinha certeza de que ela também estava interessada nele.

– Como estou nervoso, Bogart. Vou começar a namorar – ele dizia a seu cão, enquanto caminhavam pela rua, dirigindo-se às casas dos "passeantes".

Quando chegaram à praça, Graciana já estava lá, andando pela pista de bicicleta.

Os desencantadores

Que estranho. Pelo jeito não tinha levado Milka. Será que estava doente? Tinha sofrido um acidente? Manucho então chamou a amiga. Com uma mão ele agitava o envelope no ar, com a outra segurava as correias do grupo de cachorros. Bogart brincava solto.

Graciana pedalou depressa e logo estava ao lado do amigo. O que será que ele estava trazendo hoje?

– Escrevi para você, Gra. Quero que leia esta carta e responda – e Manucho a entregou, com um leve tremor.

A menina disfarçou a curiosidade:

– Viu que eu não trouxe a Milka? – disse, como quem não quer nada.

– Vi... ia até perguntar... mas... eu... – ele balbuciou. – A carta... é... urgente...

– Já vou ler, apressado! Antes, uma novidade incrível: Milka vai dar cria.

– Milka vai ter filhotes? E quem é o pai?

– É um mistério. Não temos a menor idéia.

Enquanto falava, Graciana se abanava com o envelope. Manucho perdeu a paciência.

– Vai ter que esperar. A carta, Gra.

– Pois é, tudo bem. Certo, certo, agora sua carta.

A menina rasgou o envelope e tirou a carta. Corado até as orelhas – que estavam fervendo –, Manucho começou a brincar com os cachorros para aliviar o nervosismo. Não olhava para Graciana nem de soslaio, tamanha era a timidez que o tinha tomado de repente.

Dois minutos depois, o riso de seu amorzinho foi como um balde de água sobre seu rubor. E o que ela

Parentes por parte de cão

disse – mal terminou de ler a mensagem – fez seus olhos se encherem de lágrimas. Ele as foi engolindo a duras penas. Assobiou para Bogart, puxou os outros cachorros e deu por encerrado o passeio daquela tarde.

Estava enjoado.

Com as mandíbulas apertadas, terrivelmente triste, levou cada um dos cães de volta à respectiva casa e – finalmente – chegou à dele, com Bogart atrás e a alma no tênis.

Cada palavra de Graciana parecia golpear seus ouvidos com a mesma irritação com que tinha sido pronunciada momentos antes. "Então, bobão, você achou que eu ia ser sua namorada por causa das bobagens que me deu de presente? Pois fique sabendo: *mil* colegas de patinação no gelo e do clube de equitação estão loucos por mim... e eu vou dar bola para um pobre passeador de cachorros? Como pôde ter uma idéia dessas? Tchau. Passe bem, delirante.

Graciana tinha amassado a carta e jogado a bola de papel numa pocinha, antes de subir de novo na bicicleta e disparar para o outro lado da praça.

Ao ver o filho tão decaído, a mãe se alarmou:

– O que você tem, Manu? Está com alguma dor?

"Estou é humilhado; estou sofrendo muito, mamãe", é o que ele desejaria dizer, mas negou tudo e ficou calado, reprimindo a vontade de cair no choro entre os braços de sua mãe.

Aquela noite ele teve um pouco de febre. Domingo, amanheceu encharcado de suor. Então o pai

Os desencantadores

enviou a irmã do meio para informar a uma parte da clientela que os passeios dos cães estavam suspensos até segundo aviso. Aos que tinham telefone ele mesmo deu a notícia.

– Até amanhã, repouso na cama, Manucho. E, se a febre não baixar, vamos chamar o médico.

A febre aumentou. Quando o médico foi vê-lo, uma gripe forte já se havia declarado. Ele achou que o menino estava muito franzino para sua idade, um pouco fraco, e por isso a mãe resolveu que, até as férias de verão, ele não voltaria a trabalhar.

– Foi esforço demais, filho. E não se preocupe com o dinheiro. Seu pai tem um bom trabalho em vista. Vamos ver...

Ele voltou à escola oito dias depois, recuperado mas ainda com a sensação de tristeza provocada pela atitude de Graciana.

– Não quero mais vê-la – ele pensava –, porém... Como faço para me desapaixonar?

Para evitar qualquer encontro com ela, levava Bogart a uma outra pracinha das imediações.

Dois meses depois, no caminho de volta para casa ele parou – como que eletrizado – diante das janelas amplas da clínica veterinária. Atrás da vidraça e dentro de um caixotinho cheio de serragem, dois cachorrinhos idênticos ao seu próprio cachorro. Pareciam duas réplicas de Bogart, mas em miniatura, e com umas manchinhas brancas salpicadas na cabeça e nas costas. Preso ao caixote, um cartaz:

Parentes por parte de cão

DOAM-SE ESTES LINDOS MACHINHOS MESTIÇOS. TRATAR AQUI.

– Sentado, Bogart. Volto já – apontou a calçada para seu animal de estimação e entrou como um raio.

Na mesma hora confirmou o que já pressentia. O veterinário disse que quem tinha levado aqueles filhotes era "uma menina ruiva que mora aqui perto. São cruzamento de sua finíssima *poodle* branca com um cachorro vira-lata. Mas são engraçadinhos, não acha? Se você for adotar algum, vai ser preciso vir com algum adulto da família, para lhe dar autorização. Outras vezes já me aconteceu de dar cachorrinhos de presente a crianças que se encantaram com eles e depois os pais os jogarem por aí...

– São os filhinhos do Bogart! Não podemos deixá-los abandonados, mamãe! – Manucho começou a insistir depois de contar à família a história do "casamento" de Bogart (muito resumida, é verdade, e com o episódio de sua paixão cuidadosamente censurado...)

Pois bem. Um dos filhotes foi batizado como Garbo (quase Bogart ao contrário) e se integrou à casa de Manucho. O outro foi acolhido por uns vizinhos do edifício, desconsolados com a morte recente de seu adorado *fox-terrier*.

– Que sorte! – repetiam Manucho e suas irmãs. – Assim vamos poder vê-los sempre.

Com as férias de verão, Manucho quis retomar seu trabalho de "passeador de cães". Sua mãe autorizou, mas só por meio período e de segunda a sexta. "Graças a Deus" – como ela dizia – o pai tinha conseguido um bom emprego e já não era necessário Manucho colaborar para a economia familiar. Se o filho adorava aquela tarefa e, além do mais, ganhava alguns pesos para seus gastos, por que impedir?

De modo que folhetos e cartazes com a propaganda dos serviços de cuidados "caninos" novamente se espalharam por esquinas e lojas do bairro.

Por conta disso, Manucho recebia muitos telefonemas. Naquela tarde de domingo, assim que o telefone tocou, pediu a uma das irmãs que atendesse e dissesse que ele voltaria em meia hora.

– Vamos, seja boazinha, estou no capítulo mais interessante deste livro...

A irmã atendeu de má vontade. Então gritou:
– Telefone para você. É Marina!

Manucho voou até o aparelho. Era ninguém menos que Marina, a menina mais bonita e inteligente de todo o primeiro grau, aquela por quem todos suspiravam.

Atendeu todo contente.
– Oi, sou eu. Que surpresa, Marina.
– Tudo bem? Estava dormindo?
– Não. Estava lendo.
– Estou telefonando por causa do cachorrinho que você ofereceu na escola... Ainda está com vocês?
– Não... demos para uns vizinhos.
– Que pena. Eu o queria para mim... Mas não deu para pedir antes, Manucho. Só hoje, depois de eu implorar muito, minha mãe me deixou adotá-lo.

Parentes por parte de cão

– Tudo bem, não se preocupe. Como consolo, você pode vir à minha casa quantas vezes quiser, Marina, para brincar com Garbo. Digamos que... eu empresto o Garbo para você.
– Posso ir agora?

A partir daquela tarde, e com o passar do tempo, Marina tornou-se uma visita freqüente no apartamento de Manucho. Ela ia brincar com o cachorro, e o menino também costumava ir à casa dela, levando livros que os dois compartilhavam, pois eram leitores assíduos de contos e romances.

Gostavam de estar juntos, gostavam muito, muito.
– Marina, quer ser minha sócia no trabalho de passeador? – Manucho perguntou certa manhã.
– Maravilha! O que é que eu tenho que fazer?
– Você tem que me acompanhar de segunda a sexta, para dar a volta de praxe... No fim eu lhe dou a metade do que ganho, tá?
– E quem é que está pensando em dinheiro? Bobo, o que me agrada é que assim vamos nos encontrar *todos* os dias...

"Que ousada essa Marina. Ela se permitiu dizer o que eu levaria um ano...", pensou Manucho.

Mas não foi só isso, pois a menina acrescentou:
– E eu aproveito para vigiá-lo na praça, para você não olhar para nenhuma outra... Eu sou muito ciumenta.

"Puxa", o menino estava atordoado. "Já somos namorados e eu ainda não tinha percebido!"

Os desencantadores

Ao entardecer de uma sexta-feira de muito vento, no início do outono, Marina e Manucho – como tinham feito durante as férias todas – estavam ocupados em cuidar de seus "clientes". Entre eles, também cuidavam de Bogart e seu filho, já crescidinho.

De repente, Marina deu um grito:

– Ei, Manucho, veja! Um cachorrinho igual aos seus! Igualzinho!

Era Graciana que o levava, e ela se aproximou, sorridente. Estava segurando duas correias: a bem comprida da *poodle* branca e outra mais curta. Na ponta da segunda, uma cadelinha preta com manchinhas brancas salpicadas na cabeça e nas costas.

– Como era a única fêmea da ninhada de Milka, me deixaram ficar com ela – a menina explicou, ao mesmo tempo que se alegrava por saber do destino dos outros dois cães e por ver Garbo ali, tão saudável.

Quem não se alegrou muito com o encontro foi Marina. No caminho de volta foi protestando contra aquilo que considerava uma traição de Manucho.

– Por que você me escondeu que conhecia aquela menina, e todo o resto?

– Porque ela não tem nenhuma importância para mim. Aqui (e o menino apontou seu coração) só há espaço para Marina. Mas tem uma coisa que eu espero que você compreenda, sem ter ataque de ciúme: Graciana e eu sempre vamos ser parentes por parte de cão, certo?

O trem-fantasma

Adoro parques de diversão. No "De la Luna" – por exemplo –, que fica a poucos minutos do centro da minha cidade, passo momentos muito divertidos na companhia de meus filhos. Levo-os com prazer, embora tenha sido difícil eu me animar a entrar de novo num lugar desses. Muito difícil. Muito.

Quando eu tinha oito anos, deixei de pisar nesse tipo de parque, por causa de uma experiência horripilante, que agora vou contar para meus filhos.

Tiveram que me implorar – quase – para conseguirem que eu os levasse ao "Parque de la Luna", e quero que – um dia – eles saibam a causa dessa recusa, que acabaram vencendo com a contundência de seus "Vamos, mamãe! Vamos, mamãe!"

O "Argenpark" tinha se instalado no meu pequeno povoado natal, nos arredores de Rosario, anunciando sua estréia.

Os desencantadores

A discrição, a prudência, o pudor e – sobretudo – a intenção de não prejudicar inocentes me impedem de dar o nome daquela localidade de Santa Fe. Basta dizer que lá *aconteceu* o que me disponho a revelar.

Meu povoado era uma zona de granjas, chácaras, lugar de criação de gado em pequena escala. Uma comunidade tranqüila, composta por um conjunto reduzido de habitantes que – de repente – viu alterar-se o seu "aqui não acontece nada" a partir da chegada do tal "Argenpark" ao qual me referi antes.

Creio que, durante a semana inteira pela qual se prolongou sua permanência entre nós, não houve uma família que não o tenha visitado nem uma criatura que não tenha saído fascinada e com vontade de voltar ali pelo menos mais uma vez.

– Mais uma vez, mamãe; hoje é o último dia! Vamos!

Ainda me lembro de mim mesma insistindo com meus pais para que me levassem de novo. Meus irmãos faziam o mesmo.

– Hoje não é possível, infelizmente, meus filhos... Acabou-se o dinheiro para as brincadeiras.

– Mas hoje à noite a entrada é livre e gratuita para todos! Não vão cobrar nada por nenhum dos brinquedos. É presente de despedida do "Argenpark"! Das vinte e duas horas às vinte e quatro – hora do encerramento – é tudo grátis!

Esse argumento – que era verdadeiro – os convenceu, e também a quase todos os habitantes do povoado.

O trem-fantasma

Por isso o parque estava lotado durante os cento e vinte minutos finais de sua estada entre nós. Por um possante alto-falante, música e anúncios:

– Vamos lá, meninos e meninas! Vamos lá, senhoras e senhores! Seja bem-vinda nossa distinta clientela! Vamos lá! Duas horas de diversão sem pagar um centavo! O "Argenpark", em nome de seu dono, convida-os a usar seus brinquedos sem necessidade de tirar fichas! Vamos lá! Vamos lá!

Eu seria capaz de jurar que todos os habitantes do povoado tinham marcado encontro ali, tão longas eram as filas que se formaram – imediatamente – diante dos diversos estandes de tiro ao alvo, de pesca de bolinhas, de mágica e malabarismo, de "adivinhe seu futuro" e outras barracas do estilo. Claro que as filas mais compridas começavam junto dos portõezinhos de acesso à "volta-ao-mundo", à "montanha-russa", aos carrinhos "bate-bate", ao "trem-fantasma"...

Separados e esperando a vez para subir em cada um desses últimos brinquedos, meus pais, meus quatro irmãos e eu.

Antes de propor, de escolher e de votar – porque nunca entrávamos num acordo –, combinamos de nos reencontrar à meia-noite, debaixo do mastro central do parque, onde tremulavam dezenas de bandeirinhas multicoloridas.

Os dois irmãos menores tinham se decidido pela volta-ao-mundo, junto com minha mãe.

A caçulinha foi com meu pai ao bate-bate.

Os desencantadores

    Meu irmão maior continuava seduzido pela vertigem da montanha-russa e eu – como nas duas idas anteriores ao parque – aguardava ansiosa minha viagem no trem-fantasma.

    Embora tivesse morrido de medo ao longo do trajeto por aqueles túneis escuros, de cujos tetos pendiam plantas fosforescentes, aranhas, serpentes e fios que nos roçavam o rosto à passagem do vagãozinho sem capota, o trem-fantasma me atraía muito. Tal como os contos de terror.

    Ah... mas o que me deixava com a pele arrepiada como a de uma galinha depenada era a visão fugaz daqueles sete esqueletos de diversos tamanhos que – de repente – levantavam iluminados de seus caixões, dispostos nos lugares mais estratégicos.

    E o que dizer dos cinco monstros, seres desfigurados ao exagero, que também apareciam no momento mais inesperado e faziam menção de nos tocar!

    E como descrever os alaridos, os gritos horripilantes que todos emitiam, entre contorções grotescas!

    Os elementos de decoração eram confeccionados com tanta perfeição e os bonecos cadavéricos e disformes pareciam tão ex-humanos, que eu não acreditava nas palavras de minha mãe: "Eles são de plástico, de borracha, de massa, de pano, minha filha; são feitos por um hábil artesão, mas... como explicar... são brinquedos feitos para assustar, só isso..."

    Chegou minha vez de subir num dos vagõezinhos do inquietante trem-fantasma, quando uma senhora que estava atrás de mim com sua sobrinha me

O trem-fantasma

pediu para lhe ceder meu lugar, pois assim ela poderia acompanhar a criança; depois delas estava esperando uma menina sozinha como eu – mas um pouco maior –, e nós poderíamos ir juntas...

Os vagõezinhos eram de dois lugares, de modo que contive minha ansiedade e me comportei "como uma mocinha", esperando para subir no trem na volta seguinte. Nunca imaginei que a gentileza de ceder minha vez...

Mas não quero adiantar os fatos.

Ocupados os doze vagõezinhos que se preparavam para circular pelo complicado sistema de vias que formavam o trajeto através dos túneis, ouviu-se o apito que anunciava a partida do trem.

Eram cerca de onze e quarenta. Quase meia-noite.

Minha companheira e eu calculávamos que o fim daquela penúltima volta do trem-fantasma devia estar próximo quando todo o parque foi envolvido pela mais cabeluda escuridão. (Quero dizer que quase se podia tocá-la.)

Dentro dos túneis – como de costume – continuava o frenesi de berros e a gritaria de bonecos e passageiros.

Por meio de alto-falantes precariamente manuais, diversas vozes recomendavam ao público que todos se mantivessem em seus lugares, dizendo que se tratava apenas de uma falta de energia elétrica que logo seria sanada.

– Ufa, um corte de luz justo agora, que raiva! – eu exclamei.

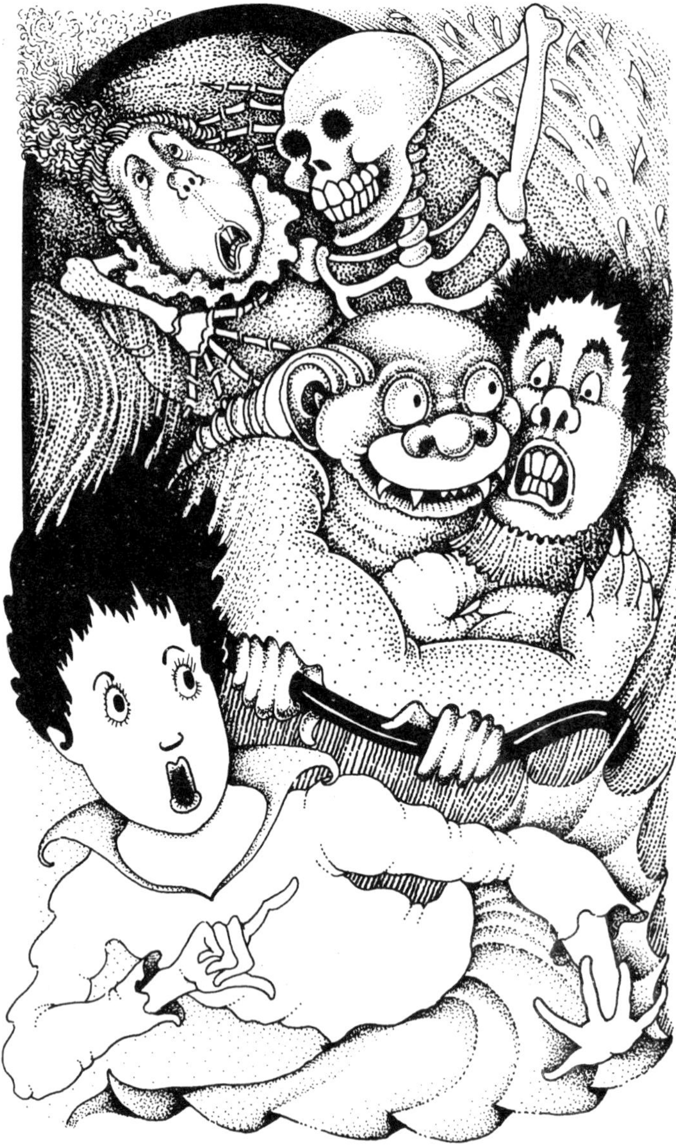

O trem-fantasma

E os poucos que ainda permanecíamos na fila começamos a fazer piada, a cantar, a assobiar... Essas atitudes nos ajudavam a afugentar a sensação de estarmos à mercê das sombras.

As pessoas postadas diante dos outros brinquedos fizeram o mesmo. Assim, os cinco minutos que durou o apagão passaram depressa.

Foi um alvoroço quando a luz voltou a iluminar o "Argenpark" e a música, a amenizar a noitada. Ouvimos que o trenzinho estava funcionando de novo. Logo sairia pela boca do túnel oposta àquela pela qual havia entrado.

Pois bem. Os vagõezinhos começaram a surgir sob os holofotes que iluminavam a placa de "Saída". Um atrás do outro – como sempre –, mas agora a uma velocidade alucinada.

O trem passou ao nosso lado como uma ventania e voltou a mergulhar no labirinto de túneis. Entre os mesmos gritos e alaridos que – antes – se ouviam em seu interior.

E àqueles gritos e alaridos somaram-se os nossos, os de todos nós que fomos testemunhas da passagem veloz do comboio, de seu ressurgimento – quase instantâneo – até parar diante de nós.

Comprovamos que nossos olhos não nos haviam enganado. Os doze vagões ocupados por vinte e quatro passageiros, o mesmo número que havia embarcado. Mas – agora – a metade deles eram os esqueletos e os monstros que habitavam os túneis.

Cada uma das pessoas – jovens ou adultas – que continuava sentada em cada vagão estava em companhia de algum daqueles seres pavorosos, que lhe rodeava os ombros com os braços. Estavam desmaiadas ou presas de ataque de nervos, enquanto os monstros tinham adquirido vida própria, urrando e rindo às gargalhadas.

Fugi apavorada, em meio a um grupo que tentava resgatar seus doze parentes dos vagões e outro que – enlouquecido – entrava pelos túneis chamando os outros doze que não tinham reaparecido.

Um novo corte de luz fez o pânico tomar conta da multidão que lotava o "Argenpark".

Não desejo me perder nos detalhes sobre a confusão que se armou, as correrias às escuras, os encontrões e tropeções entre os que fugíamos sem saber para onde, os desesperados pedidos de socorro, os gemidos, o terror – em suma – que se havia espalhado pelo parque com a velocidade de um relâmpago.

Deve ter se passado meia hora até a polícia, os bombeiros e as ambulâncias chegarem àquele lugar. Nunca se soube quem os chamou.

Quando a luz voltou, o "Argenpark" oferecia um espetáculo aterrador. Feridos e contundidos por todo lado. Médicos e enfermeiras iam e vinham, prestando assistência.

Eu chorava, aconchegada – como meus irmãos – entre os braços de meus pais, quando o delegado do povoado informou – pelo alto-falante – que a situação estava sob total controle das forças de segurança.

O trem-fantasma

Amanhecia.

– Caros conterrâneos – ele disse –, acompanho em sentimento aqueles que perderam parte de sua família no trem-fantasma e ofereço toda a atenção possível aos que foram afetados. Àqueles que tiveram a sorte de passar sem maiores prejuízos por esta catástrofe, peço que esvaziem o parque e voltem a suas casas. Amanhã lhes explicarei minuciosamente o estranho episódio que aqui se desenrolou. Ainda não estou habilitado a fazê-lo, pois devo respeitar a confidencialidade do sumário. Só posso acrescentar... que Deus nos proteja e perdoe quem causou esta tragédia. Boa noite. Ou melhor, bom dia.

Durante o mês que se seguiu àquele dia terrível, o único jornal do lugar trouxe informações abundantes sobre o que ocorreu no "Argenpark".

Conservo os recortes da época, com que minha mãe montou uma pasta volumosa, já gasta e amarelada. Xerocar e colar neste caderno pelo menos algumas daquelas notícias vai me eximir do trabalho doloroso de contar fatos que ainda me faz mal lembrar.

Cortei-lhes o nome da publicação e vedei todas as referências ao povoado em que ocorreu o episódio, pelas razões que expliquei no início deste relato.

Aqui estão eles:

Os desencantadores

Tragédia no "Argenpark" – primeira nota

Ontem à meia-noite – num momento em que o público lotava o parque de diversões que nos visitava – ocorreu um fato sem precedentes na longa história de nosso povoado.

Testemunhas diretas da catástrofe declararam à imprensa local que ela se originou no brinquedo chamado "trem-fantasma".

Depois de uma de suas últimas voltas através dos túneis que o compõem, as testemunhas que esperavam sua vez de subir no trem viram, apavoradas, que cada um dos doze vagõezinhos vinha ocupado por um morador local mas que os acompanhantes que iniciaram o percurso haviam desaparecido.

Em seu lugar, e animados como seres vivos, iam os sete esqueletos e cinco monstros que até então tinham sido considerados bonecos por toda a comunidade. Acontece que não eram e, lamentavelmente, conseguiram escapar, tomando rumo desconhecido, assim que ocorreu um apagão.

Ainda não se obtiveram outras informações por parte da polícia, que investiga o caso.

Tragédia no "Argenpark" – quinta nota

Conforme adiantamos na nossa edição de ontem, os corpos de doze moradores locais (seis adultos, três jovens e duas crianças) foram retirados pelos bombeiros dos túneis do trem-fantasma.

Cada um dos doze desafortunados, cujos nomes temos o doloroso dever de publicar em quadro à parte, encontrava-se em um dos lugares em que, até ocorrer a tragédia, podiam ser vistos os supostos bonecos de terror.

Expressamos nossas sinceras condolências às famílias que sofreram tão sentidas perdas e juntamo-nos a seu luto.

Tragédia no "Argenpark" – sexta nota

A polícia fez mais um achado macabro: um cadáver entre os matagais que cobrem a zona localizada a poucos quilômetros do lugar em que estava instalado o parque de diversões.

Trata-se dos restos mortais do sr. Recaredo Baibiene, de

oitenta e cinco anos de idade, dono do estabelecimento em questão. A julgar pelos indícios detectados no local, ele se suicidou com um tiro na boca.

Fontes autorizadas informaram que ele deixou uma carta para as autoridades judiciais, cujo conteúdo ainda não pôde ser divulgado.

TRAGÉDIA NO "ARGENPARK" – SÉTIMA NOTA

Cenas de profunda consternação popular foram vividas na manhã de ontem, quando foram inumados no cemitério local os restos mortais de nossos doze queridos conterrâneos.

Solidarizamo-nos com a dor das famílias e dos amigos dos extintos e rogamos uma prece em sua memória.

TRAGÉDIA NO "ARGENPARK" – NONA NOTA

Reproduzimos a seguir para nossos leitores, em primeira mão, o texto da carta de Recaredo Baibiene, que, conforme já informamos, era o único proprietário do parque de diversões.

Sr. Juiz,

Sou o responsável pelo que aconteceu no trem-fantasma e me orgulho disso.

Depois de setenta anos, consegui cumprir o juramento que fiz a mim mesmo neste povoado, onde nasci e vivi meus primeiros quinze anos, junto com minha querida família.

Se consultarem os registros civis e paroquiais daquela época, se averiguarem entre os habitantes mais antigos, se investigarem no velho cemitério local, não lhes será difícil chegar à conclusão de que não estou mentindo.

Minha família, Baibiene Ulloa, compunha-se então de treze membros: meus pais, três avós, dois tios, três primos jovens, meus dois irmãos menores e eu.

Vivíamos num amplo casarão, do qual não restam vestígios, conforme pude observar neste meu primeiro e último regresso a...

Em seu lugar ergue-se hoje a capela.

Meus avós e minha mãe exerciam o ofício de curandeiros. Dizia-se que meu pai e um de meus tios eram benzedores. Meus primos e eu nos ocupá-

Os desencantadores

vamos de colher ervas e outras plantas com propriedades medicinais, além de caçar sapos e cobras utilizados pelos adultos em seu trabalho de curar os outros.

Minha tia e meus irmãos mais novos colaboravam fazendo a limpeza da sala onde eram recebidas as pessoas que vinham à nossa casa em busca de ajuda para seus males de corpo e de espírito.

Meu avô costumava recitar algumas orações que tinham poderes curativos.

Tudo ia muito bem até que uma mulher despeitada – a mesma com quem meu pai desmanchara o namoro para se casar com minha mãe –, não suportando a inveja que a corroía por causa de nossa felicidade, lançou o boato de que éramos bruxos, dizendo que em minha casa se exerciam práticas de magia negra, que ninguém que se aproximasse de nós estaria livre dessas influências diabólicas e que, portanto, constituíamos uma grave ameaça para o povoado.

Esse boato malévolo se propagou como um incêndio, e foi com um incêndio, provocado intencionalmente por mãos assassinas, que acabaram com minha casa e com todos os meus entes queridos.

Milagrosamente, saí ileso do meio das chamas, apenas com algumas queimaduras menos graves.

Louco de dor, de fúria, de impotência, escapei deste maldito... sem ninguém saber, jurando vingança.

Para cada um dos meus haveria de morrer alguém daqui, todos ao mesmo tempo e graças à interferência das almas de meus familiares, que sem dúvida tinham superpoderes.

Não importava o tempo que eu tivesse que agüentar até cumprir meu juramento.

Pois bem, dediquei toda a minha vida a acumular a riqueza que me permitisse realizar meu plano. O êxito de minha empreitada o senhor está constatando, não é? Finalmente, no domingo passado, os queridos espíritos de minha família puderam executar sua vingança.

Quando terminar esta carta, vou me suicidar para me reunir a eles na outra dimensão.

Minha vida teve o único sentido de fazer com que seis adultos, três jovens e três crianças deste maldito... pagassem pelas mortes de meus pais, meus três avós, meus dois tios, meus três primos e meus dois irmãos.

O trem-fantasma

Peço que não implique como responsável pelo massacre nenhum dos empregados de meu "Argenpark". Eles ignoravam a história de meu passado, meus projetos secretos e também não conheciam os túneis do trem-fantasma.

Eu criei, mantive e manejei pessoalmente esse brinquedo durante o curto tempo de funcionamento do parque, o qual agora deixo como herança para todos eles.

ASSINADO:
Recaredo Baibiene

TRAGÉDIA NO "ARGENPARK" – 12.ª NOTA

Entre as roupas do falecido Recaredo Baibiene foram encontrados documentos que se revelaram autênticos e que provam sua identidade.

TRAGÉDIA NO "ARGENPARK" – ÚLTIMA NOTA

O esquadrão de bombeiros e policiais que na tarde de ontem procederam à escavação dos antigos túmulos da família Baibiene Ulloa no cemitério local inquietou-se ao não encontrar nenhum despojo dos seus doze membros lá enterrados.

Nos doze ataúdes que supostamente conservavam os cadáveres calcinados, não havia nem sinal de cinzas.

Trata-se de um mistério que nunca será elucidado e que despertou o temor de toda a comunidade, diante da possibilidade de que os espíritos sinistros continuem soltos em nosso mundo.

Por via das dúvidas, Recaredo Baibiene foi colocado num caixão inviolável, que será depositado na sacristia da capela, para que possa ser submetido a vigilância permanente.

Bem, com um suspiro profundo retomo meu relato e o concluo com outro – mais profundo, se é que é possível –, na esperança de que meus filhos compreendam a razão de minha fobia insuperável pelo trem-fantasma, brinquedo em que não me farão subir nem que peçam de joelhos.

A lenda do rio Negro[1]

I – Onde se fala da região em que a lenda se originou

Vários rios atravessam a Patagônia da República Argentina. É uma região do sul do país, onde os invernos são longos e gelados.

Vários rios competem há séculos, numa corrida permanente para o mar. Vários rios deslizam pelos vales suas frias águas que brotam na cordilheira. Entre eles está o rio Negro, que em cada uma de suas perigosas enchentes costuma aspergir no ar a lenda de seu nascimento.

O Negro então uiva, e sua voz de gelo esmigalhado salpica o amplo vale pelo qual ele circula. De quando em quando ele conta sua história. É inútil. Ninguém entende sua linguagem. Pois... quem é capaz de decifrar as vozes da água indígena?

---

1. Versão livre e recriação literária da lenda de mesmo nome.

Os desencantadores

II – *Onde se apresentam os mapuches*[2]

No entanto, houve um tempo em que isso acontecia. Era quando os verdadeiros donos daquelas terras não conheciam o medo, a pilhagem e a morte. Essas coisas que, um dia, chegariam montadas nos cavalos dos invasores-caras-pálidas.

Porque houve um tempo em que aquelas terras pertenciam aos mapuches, àquela "gente da terra" que acreditava no deus N-guenechen, seu único senhor. E eles entendiam o idioma de seus rios. Por isso, de pais para filhos, de uma geração para outra, eles iam narrando o que as águas uivavam. Por isso e porque – felizmente – a língua mapuche foi traduzida para o castelhano, hoje posso contar essa lenda.

III – *Onde se conta a amizade entre Limay e Neuquén*

O novelo legendário começa a se enrolar com o nascimento de Limay e Neuquén, dois simpáticos meninos mapuches. E puxamos a ponta desse novelo para saber que suas famílias tinham se estabelecido nas proximidades do lago Nahuel Huapi.

---

2. Nome que dão a si mesmos os integrantes das comunidades aborígines do solo americano que são nativas do extremo sul, especialmente do Chile e da Argentina. Também são denominados araucanos, porque provinham de Arauco, região chilena que eles abandonaram atravessando a Cordilheira dos Andes para se instalar em regiões que abrangem as atuais províncias argentinas de Neuquén e Río Negro, em particular.

A lenda do rio Negro

Neuquén vivia com sua tribo no lado norte do lago, lugar do qual seu pai era o valoroso cacique.

Limay morava – também com sua tribo – um pouco mais ao sul, região da qual seu pai era (mais uma vez "também") o valoroso cacique.

As duas famílias cultivavam a terra com muita dedicação e os meninos ajudavam nas colheitas. Também colaboravam na criação de galinhas e na tosquia das lhamas.

Com tanto trabalho, não era muito – portanto – o tempo livre de que Limay e Neuquén dispunham para fazer aquilo de que mais gostavam: encontrar-se para passar as horas juntos, caçando e brincando à vontade.

Tinham nascido com poucos meses de diferença, por isso eram amigos desde a infância. Também desde a infância os dois sentiam que a liberdade era a coisa mais bonita que tinham, tanto quanto a amizade que ligava seus corações.

– Somos amigos até a morte... – afirmava Neuquén.

"Até além da morte...", pensava Limay.

Embora ambos fossem autênticos mapuches, os jovens eram bem diferentes um do outro, quanto à aparência e quanto ao caráter.

Por exemplo, Neuquén era alto, puro músculo, de olhos de condor, muito audacioso e de gargalhada generosa.

Limay – como a outra face da mesma moeda – era baixinho, de corpo e feições que o faziam parecer menor ainda do que era, de olhar ingênuo e sorrisinho que mal permitia adivinhar-lhe os dentes. Um tímido incorrigível.

Muitas vezes Neuquén tinha de provocá-lo quando queria que o amigo saísse dos prolongados silêncios em que costumava cair como se fossem poços.

IV – Onde ocorre o encontro de Limay e Neuquén com a bela Raihué

Uma tarde, quando ambos estavam jogando pedras no espelho do lago – para ver qual dos dois conseguia atirá-las mais longe da margem –, comoveu-os um canto que nunca tinham ouvido até então. Entreolharam-se, maravilhados.

Era um belo canto, doce a mais não poder. Vinha do bosque de mirtos, próximo dali.

Sem saber – ainda – se aqueles sons eram emitidos por algum pássaro raro ou se eram produzidos por voz humana, Limay e Neuquén caminharam na direção do lugar de onde provinha aquela cascata musical.

Iam abraçados, ansiosos por descobrir quem era capaz de cantar assim.

Avançavam entre as árvores, sorrateiramente. Tentavam não alterar a tranqüilidade daquela voz com sua presença inesperada.

De repente os dois se detiveram e ficaram um bom tempo como estacas. Não podiam acreditar no

A lenda do rio Negro

que viam: a alguns metros deles, e alheia a tudo o que não fosse seu cantar, uma linda jovenzinha. De longas tranças pretas e encostada a um tronco. Cantava com tanta energia e sua voz era tão comovente que vários animaizinhos estavam mansamente agachados ao seu redor, como insólito auditório.

V – Onde surge o espírito do vento

A menina continuava cantando, e até o vento – que momentos antes ainda assobiava às soltas, como de costume – tinha se calado, certamente também fascinado por aquele canto.

Ah... o vento... Só ele sabia o quanto amava aquela menina que pertencia a uma outra tribo mapuche da região... Só ele conhecia a dor que lhe causava vê-la crescer e pensar que não devia estar longe o dia em que ela se casaria... Consolava-se – então – dando-lhe as carícias de seus dedos de ar.

E era de se ver como ele soprava o manto que a cobria dos ombros ao joelho; como brincava em seus cabelos ou como tentava tirar o xale que ela usava, preso apenas por um alfinete! (Claro que todas essas demonstrações ele nunca fazia enquanto a menina cantava. Isso não, ele adorava seu canto.)

Ignorando a paixão que havia despertado sem querer, a jovenzinha continuava cantando e o espírito do vento enredado em seu amor impossível, quando Neuquén não pôde evitar um grito.

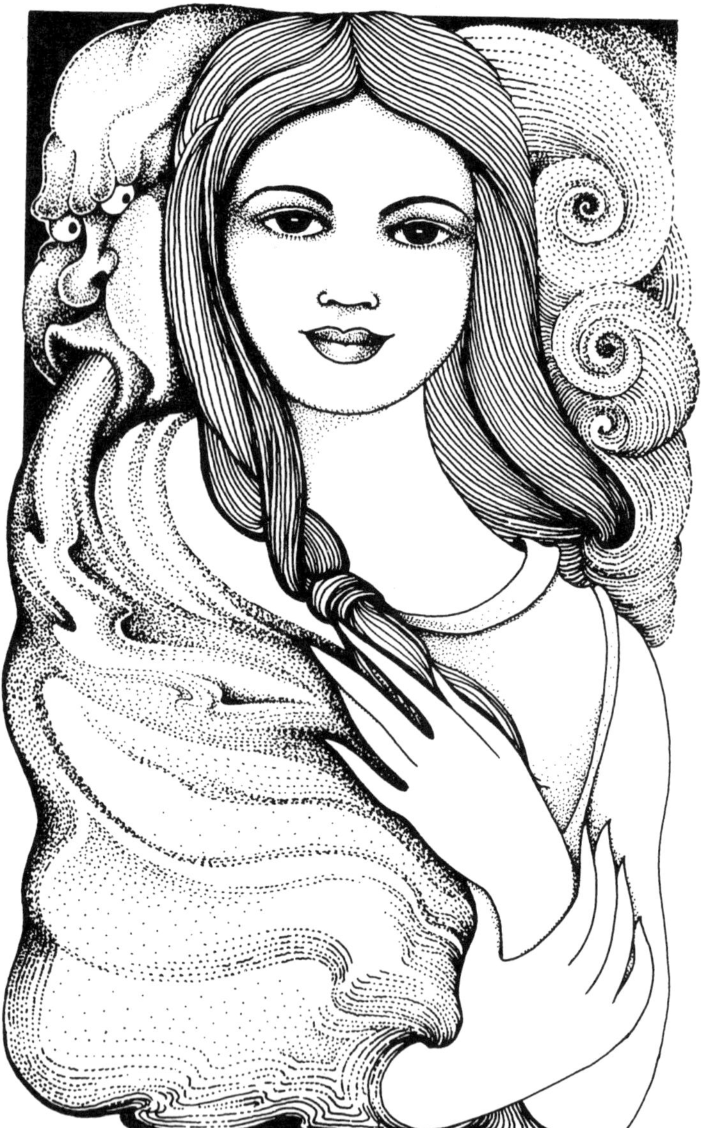

A lenda do rio Negro

Foi um grito de admiração, tanto pela beleza da melodia como pela de quem a entoava.

Limay se assustou, pois estava silenciosamente atônito diante da visão da menina. O vento também, e recomeçou – então – seus assobios agudos, enciumado ao perceber que os meninos estavam contemplando sua amada.

Só então Raihué – assim se chamava a menina – percebeu que aquele lugar em que sempre ia cantar sozinha tinha se transformado num teatro silvestre improvisado. Dois jovens mapuches a observavam maravilhados... (Claro que ela não podia saber que por isso mesmo – agora – o espírito do vento gemia...)

Já se dispunha a fugir – assustada com aqueles desconhecidos –, quando Neuquén, ágil como um cervo, correu para seu lado e a deteve. Segurava-a por uma ponta do xale – com firmeza – ao mesmo tempo que a tranqüilizava, dizendo:

– Não tenha medo. Nenhum de nós vai lhe fazer mal... Estávamos ouvindo seu canto, só isso. Ficamos maravilhados...

Raihué olhou para ele, ainda meio assustada, enquanto Limay se aproximava caminhando lentamente.

– Qual é seu nome, menina? – perguntou Neuquén.

O coraçãozinho de Limay estremeceu quando se viu diante da menina e ouviu sua resposta:

– Raihué... Eu me chamo Raihué...

Era mesmo preciosa!

Os desencantadores

— Haveria outro nome mais adequado para ela do que Raihué? – ele pensou. – Ela se chama Flor Nova... Flor Nova... – continuava pensando. – Existem poucas coisas no mundo tão bonitas quanto uma flor recém-nascida... Raihué... Raihué... – ele repetia mentalmente.

E a partir desse momento Limay sentiu – pela primeira vez – que estava apaixonado. Pois devia ser amor – só podia ser – aquela sensação que lhe mordia a alma.

Entretanto, Neuquén começava a sentir exatamente a mesma coisa que o amigo. E, sem que nenhum dos três desconfiasse, o vento os rodeava. Morto de ciúme. Sua fúria era tanta que ele quis descarregá-la ali mesmo, na forma de um inesperado vendaval.

Neuquén, Limay e Raihué saíram na disparada – então –, cada um para sua tribo, antes prometendo que voltariam a se encontrar naquele mesmo lugar.

*VI – Onde se cantam as aventuras e desventuras
   dos jovens apaixonados*

A partir daquela tarde, muitas foram as vezes em que Limay, Raihué e Neuquén se encontraram à beira do lago Nahuel Huapi.

O espírito do vento os espiava, sempre descarregando seu penar transparente em repentinas rajadas que surpreendiam os três indiozinhos. Porque ne-

A lenda do rio Negro

nhum dos três podia adivinhar o que – na verdade – estava acontecendo à sua volta desde o dia do encontro e cada vez que ele se repetia. Nenhum deles, tampouco, adivinhava – ainda – os verdadeiros sentimentos que os três alentavam em silêncio.

O caso é que tanto Limay como Neuquén haviam se apaixonado perdidamente por Raihué, embora não tivessem coragem de confessá-lo nem a si mesmos.

Raihué – no entanto – nem se dava conta daquela situação que a tinha como protagonista, involuntariamente. Ela gostava dos dois meninos igualmente: em sua maneira de tratar Limay e Neuquén não havia o menor sinal de que preferisse um ou outro.

Eles eram tão diferentes...

Eles a tratavam com ternura idêntica...

Ela nem imaginava – ainda – que se aproximava o dia em que teria que escolher entre os dois, pois os três estavam crescendo e suas famílias esperavam um casamento...

E era natural que esperassem: Limay, Neuquén e Raihué pertenciam a clãs diferentes, e essa era a condição para buscar esposa ou marido: não podia ser do mesmo clã. Além disso, todos sabiam do afeto que os três jovens se dedicavam. Raihué teria que se decidir – algum dia que já se pressentia estar próximo – por um deles.

À medida que os dias passavam, Limay e Neuquén começaram a sentir que uma ruptura imperceptível machucava seus corações e criava uma distân-

Os desencantadores

cia em sua "velha" amizade. Já quase não se falavam durante os encontros à beira do lago, pois agora seu motivo principal era apenas ver Raihué. Já não os atraía compartilhar as horas como amigos que eram antes.

Agora eram rivais. Sua fraternidade ia se perdendo – irremediavelmente –, para surpresa de suas respectivas tribos, que não conseguiam compreender a causa da inimizade.

VII – Onde são narrados os fantásticos episódios ocorridos a Limay e Neuquén por causa de seu amor por Raihué

Foi assim que – quando a terna relação entre Limay e Neuquén parecia estar prestes a cair no vazio – cada uma de suas famílias resolveu consultar um *machi*.

Os *machi* (mulheres ou homens) eram os conselheiros respeitáveis junto aos quais cada grupo buscava auxílio em caso de doenças do corpo ou da alma, ou de qualquer problema que não conseguissem resolver. Eram considerados curandeiros, adivinhos, sábios.

Pois bem. Foram consultados – portanto – dois *machi*. As famílias de Limay e Neuquén ficaram sabendo – então – da razão do distanciamento entre os dois meninos, da hostilidade entre eles: nada menos do que a bela e inocente Raihué.

A lenda do rio Negro

– Que a própria Raihué decida qual dos dois ela prefere, mesmo que não saiba que está decidindo... – disse uma *machi*.

– Que ela escolha um dos dois, sem saber que está escolhendo... – sentenciou a outra.

E as duas adivinhas concordaram que era preciso perguntar à menina o que ela mais desejava no mundo, já que as duas logo descobriram o segredo que a alminha de Raihué guardava: amar igualmente Limay e Neuquén. Como pretender – então – que ela escolhesse um dos dois para se casar?

– Perguntem a Raihué o que ela mais deseja no mundo. E os dois apaixonados deverão consegui-lo como prova de seus sentimentos. Aquele que entregar primeiro à menina a prenda de amor será seu esposo – aconselharam as *machi*, cada uma por seu lado.

– Nunca vi o mar... – exclamou Raihué, quando lhe perguntaram o que mais desejava ter. – Nada me agradaria mais do que ter um caramujo, pelo menos para ouvir seu canto... Dizem que os caramujos encerram os rumores do mar...

Ela não sabia – é claro – que com suas palavras acabava de selar os destinos de seus amigos tão queridos. Não sabia que Limay e Neuquén seriam submetidos a uma tremenda prova para decidir seu casamento.

Quando soube, já era tarde para evitar a desgraça. Porque Limay e Neuquén tinham sido transformados em dois rios. Eram essas as transfigurações fantásticas que as forças da natureza lhes haviam imposto a pedido das *machi*. Como rios, poderiam cumprir a tarefa de chegar ao mar para buscar o caramujo.

Poucas vezes um caramujo foi tão precioso... O primeiro que o pegasse e voltasse para oferecê-lo a Raihué a teria como esposa.

VIII – *Onde se conta o padecimento de Raihué por causa do ciúme do espírito do vento*

Os dois meninos transformados em rios corriam pelos vales estreitos e profundos – em sua tentativa desesperada de chegar ao mar – quando o espírito do vento voltou a interferir, mais enciumado do que nunca. Temia que algum deles – Limay ou Neuquén – conseguisse seu propósito.

De fôlego quebrado, passou então a murmurar – todas as noites – em torno da casa de Raihué. Ah... só a coitada entendia seus murmúrios, pois assim ele havia determinado. Caso contrário, seu plano fracassaria.

– Garanto que você não vai voltar a ver nem Limay nem Neuquén... – o vento murmurava constantemente. – Nenhum dos dois vai voltar... O mar está cheio de mulheres mais bonitas do que Raihué... Muito mais bonitas – ele insistia. – São as estrelas cadentes, boba, às quais nenhum homem é capaz de resistir. Limay e Neuquén deixarão de pensar em Raihué quando as conhecerem... Nunca mais voltarão...

A lenda do rio Negro

Enfeitiçados por essas maravilhas marinhas, eles ficarão para sempre prisioneiros no fundo do mar... Nunca voltarão para seu lado, Raihué, nunca...

E a mocinha viu brilhar seis luas sucessivamente, enquanto suportava a dor da triste sorte de seus amigos.

E durante essas seis noites o espírito do vento continuou a torturá-la com seus rumores mentirosos...

IX – Onde se conclui a tragédia que dá origem à lenda do rio Negro

Durante a sétima noite de angústia – de lua cheia voltada para sua casa –, Raihué sentiu que deveria fazer alguma coisa para impedir a morte de Limay e Neuquén.

Sem que ninguém da tribo percebesse, levantou da cama e saiu de casa. Correu como que alucinada rumo ao lago Nahuel Huapi. Ao chegar à sua margem, caiu quase desmaiada. Mas ainda teve forças para levantar os olhos e os braços para o céu e murmurar uma prece:

– Deus N-guenechen, meu único senhor, suplico que leves minha vida em troca da vida de meus queridos amigos... Aqui os conheci, aqui peço que atendas a meu pedido e os salves...

A culpa – que ela não tinha – a sufocava, quando tentou terminar sua prece com um canto, o mesmo que havia entoado naquela tarde distante em que conhecera Limay e Neuquén.

Os desencantadores

Não conseguiu. E só a lua foi testemunha de sua morte, se é que ela morreu. Pois o que dizem é que o corpo da bela indiazinha nunca foi encontrado e que, no lugar em que só acharam seu manto, havia brotado uma flor nova. Outra.

Também dizem que o espírito do vento – horrorizado com seu procedimento – se lançou com todas as suas energias sobre os rios Limay e Neuquén. Os dois – separadamente e sem saber de nada – continuavam sua corrida rumo ao mar.

O vento lhes confessou – então – o que tinha acontecido e jurou que estava arrependido. Depois – soprando-os com força renovada – conseguiu desviar o curso de ambos até juntá-los em um só rio.

E foi assim que Limay e Neuquén uniram numa mesma dor seus braços de água. Num eterno abraço, prosseguiram seu caminho até o mar, voltando a fundir seus corações na mesma amizade de sua infância.

Limay e Neuquén, "amigos até a morte", deram origem – então – ao rio Negro.

O rio Negro... aquele que em cada uma de suas perigosas enchentes costuma aspergir – no ar – a lenda de seu nascimento.

Vale por duas

Tal como fazia todos os sábados, Goldi percorreu – com a esferográfica na mão – a seção AMIGOS POR CORRESPONDÊNCIA de sua revista juvenil favorita, *Pen-Dex*. Lia cada anúncio com muita atenção.

Já trocava cartas com sete garotas que – como ela – tinham cerca de doze ou treze anos.

E como se sentia feliz por ter entabulado essas amizades postais!

Embora ela só tivesse uma "melhor amiga" (Flávia, sua prima e colega de escola, com quem se encontrava diariamente), era bom poder se comunicar com pessoas que viviam muito longe, em outras províncias do país e – até – no estrangeiro.

Não passava uma semana sem que houvesse alguma carta esperando por ela na pequena escrivaninha de seu quarto. E também sem que ela fosse ao correio para enviar sua correspondência.

Para Goldi, a possibilidade de se relacionar com pessoas da idade dela por meio de mensagens escritas, cuidadosamente colocadas no envelope e seladas, era tão importante quanto respirar. Não era porque adorava colocar seus sentimentos e pensamentos no papel, nem por tudo o que sabia sobre as vidas que transcorriam em lugares distantes e nem mesmo pelo intercâmbio fabuloso de fotos e notícias dos artistas preferidos que podia realizar com suas sete amiguinhas distantes.

Não. A necessidade de Goldi tinha raízes profundas e tão subterrâneas quanto as árvores das calçadas de seu bairro.

Acima de tudo, só por carta ela podia ser "Bertila Bassani", assinar seu nome e seu sobrenome verdadeiros em vez de usar o odioso apelido Goldi...

"Goldi"... Ai, "Goldi"... nada a ver com a deformação da palavra inglesa "gold", que significa ouro, apesar da cascata de cachos dourados que emolduravam seu rostinho bonito... Esse apelido lhe trazia – agora – recordações que a faziam sofrer. E como! Pois provinha da abreviatura da pronúncia defeituosa de sua primeira infância, quando, em vez de dizer "gordinha" – tal como era chamada na família –, ela dizia "Eu me samo Goldinha"... E todos festejavam sua graça infantil, alçada sobre um rotundo excesso de peso.

Mas... O que interessava sua figura, por mais gorda que ela fosse – realmente ela era gorda –, a suas amigas de alma, aquelas com quem ela estabelecia pontes de afeto verdadeiro a partir de seu *ser Bertila* e sem sofrer o isolamento ao qual a condenavam seus

Vale por duas

quilos a mais entre as crianças que a conheciam pessoalmente?

Seus correspondentes a valorizavam tal como ela era: uma mocinha de inteligência notável e sensibilidade extraordinária. Apesar disso – por via das dúvidas – ela pensava: "Nem louca eu confesso que sou gordíssima; é capaz que eles sejam tão preconceituosos quanto os outros e acabem me deixando de lado."

Para evitar decepções, Goldi lhes enviava – então – fotografias de sua prima Flávia, uma moreninha estilosa e atraente, com a qual ela só se parecia no branco do olho. Embaixo dos retratos ela assinava – invariavelmente – "Bertila".

Flávia sabia da paixão de Bertila pelas cartas, mas não sabia que suas fotos iam parar em tantos lugares, com identidade falsa.

Se ela soubesse – e como gostava tanto de sua "primiga", como dizia, misturando sílabas de prima e amiga em carinhosa ligação –, certamente lhe teria aconselhado que contasse a verdade, que se mostrasse sem mentiras, pois não valiam a pena amizades baseadas apenas no aspecto físico.

– Claro, para Flávia a aparência não é um drama... – pensava Goldi. – Para ela é fácil me aconselhar isso e aquilo... Sua opinião seria outra se fosse obrigada a se apertar nas tendas de circo que são os meus vestidos. Por acaso ela mesma não é testemunha das zombarias ferinas dos meus colegas de escola? "Como foi que conseguiram tricotar você tão

Os desencantadores

gorda? Com que ponto? Com que lã? Fazer 'gorro' de inverno a gente até aprende nas revistas, mas como se faz um gordo? E uma gorda?" Eles me chamam de hipopótama, leitoa, baleia, gorda balofa, vaca encaracolada, mostrenga, mortadela ruiva, gordalhona... e, quando chego à escola, eles respondem com um refrão de "oinc, oinc" a cada "Oi" meu... E quem me tira para dançar nas festas? Ninguém. E qual é o garoto que me convida para ir ao cinema, pelo menos, já que no escuro não dá para ver minha gordura e só seria preciso agüentar minha companhia visível nos quarteirões de ida e volta até minha casa? Nenhum. E quando foi que alguém me mandou um bilhete romântico? Nunca. Ninguém. Nenhum. Nunca. Ninguém sabe quem eu sou por baixo da minha pele. Até o Kasumi Murase, nosso colega japonesinho, quando me vê, exclama: "Lá vem rolando a futocho", que na língua dele quer dizer "a gorda"...

Acontece que todas essas reflexões dolorosas despertavam em Goldi tanta vontade de comer que, em vez de a fazerem renunciar a se alimentar – pelo menos por um instante –, quintuplicavam seu apetite.

Sua família – composta de pessoas de peso e altura equilibrados – estava começando a se preocupar um pouco... mas não muito: "A gorda é tão graciosa... Adorável... Sempre nos faz rir com suas idéias... Além do mais, é tão inteligente..."

E foi devido à sua inteligência que Goldi imaginou o que imaginou – esferográfica na mão – aquele sábado em que percorria – atenta – a seção "Amigos por correspondência" de sua revista juvenil favorita.

Escrever a um garoto. Isso mesmo. Tentar encontrar um "príncipe azul" pelo menos por carta. Por que não?

– Como eu sou boba! – dizia a si mesma. – Por que só estou pensando nisso hoje?

Ela teve sorte. Entre os quase cem anúncios oferecendo correspondentes, detectou um que a seduziu:

Eu me chamo Kevin Wilson Martínez del Parral e tenho treze anos. Sou Escorpião. Sou louco por música e poesia. Pratico futebol e natação. Pretendo fazer amizade com uma garota diferente de todas. Adoraria me corresponder com uma menina muito especial; única. Abstenham-se as que são comprometidas ou que não tenham intenções sérias. Bem-vindas as extraterrestres. Meu endereço é: (e em seguida vinha um endereço da cidade de Montevidéu, no Uruguai).

Goldi circulou e recortou esse anúncio. Navegou em suas fantasias por alguns momentos, imaginando um futuro romance postal e – em seguida – escreveu sua primeira carta para um homem:

Dizia assim:

> *OI, KEVIN:*
> *Escolhi o seu anúncio – entre os publicados na Revista "Pen-Dex" neste sábado – e quero dizer por quê, respondendo por ordem a cada uma das suas condições:*
> *1 – Também sou fascinada por música e poesia. Toco violão, flauta-doce e charango. Componho poe-*

Os desencantadores

mas e alguns eu transformo – depois – em canções, graças à colaboração da minha prima Flávia. Ela inventa melodias.

2 – Não é por falar, mas acho que sou um exemplar único e muito especial. Reservo as razões para mim. Você irá descobri-las, se é que lhe interessa sermos amigos por correspondência.

3 – Não sou comprometida, e a amizade – para mim – é um assunto muito sério.

4 – Às vezes me sinto como uma extraterrestre entre meus próprios colegas. Imagine só entre os adultos!

5 – De acordo com o zodíaco, meu signo é Peixes. A astrologia afirma que Escorpião é o signo de maior afinidade com o meu, desde que – e é este o caso – se trate de homem Escorpião e mulher Peixes, e não o contrário.

Pois bem. Só falta acrescentar que me chamo Bertila Bassani, que tenho doze anos e moro com minha família (meu pai, minha mãe e dois irmãos maiores que tornam minha vida impossível: Ivo, de 17 anos, e Leonardo, de 15).

Estou na última série do primeiro grau.

Ah, ia me esquecendo de dizer que adoro a sua cidade. Estive em Montevidéu no carnaval há três anos e guardo lembranças muito boas.

Agora me despeço.

Saudações carinhosas, Bertila

P. S.: Tomara que você responda. Seria o primeiro amigo uruguaio que eu tenho.

2.º P. S.: O meu endereço você pode ver no verso do envelope e – por via das dúvidas – também vou anotá-lo num cartão de visita que ganhei de presente quando fiz dez anos.

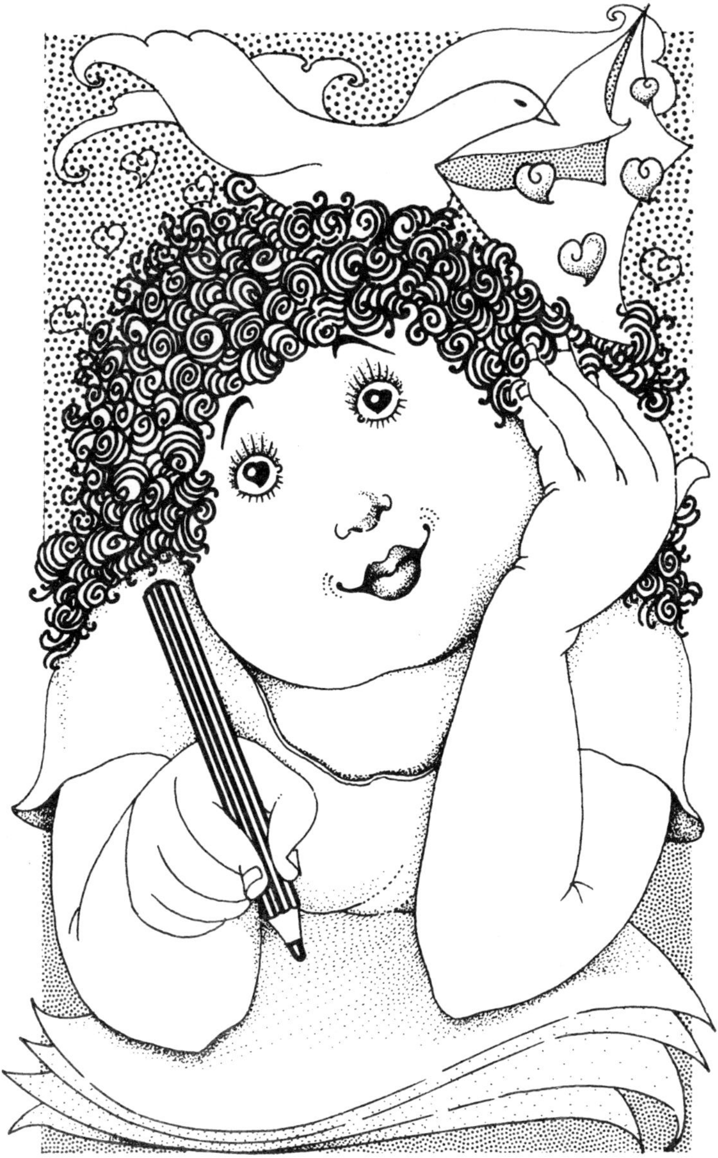

Os desencantadores

A partir do momento em que Goldi enviou a carta para Kevin, os dias começaram a lhe parecer intermináveis. "Não preciso morrer para alcançar a eternidade", ela pensava. "Essa espera já é." E então comia em dobro no café da manhã, no almoço, no lanche e no jantar, e – nos intervalos – apelava para reforços de chocolates, alfajores, balas, etc.

"Será que ele vai me escrever ou não? Se for escrever, que seja logo!"

A ansiedade continuava aumentando seu apetite. Resultado: engordou três quilos e meio até chegar a carta que tanto esperava.

Goldi estava na escola quando o carteiro a deixou em sua casa. Seus irmãos a receberam. Por isso, quando a menina chegou, eles já tinham investigado os selos, o carimbo e o remetente. Estavam morrendo de rir.

– Quer dizer que agora um garoto uruguaio está escrevendo para você? – disseram, agitando o envelope de Kevin como um lenço, e passando-o de um para outro para retardar – "malditos!" – a entrega.

– Ah... A gorda tem um namorado em Montevidéu!

Furiosa, Goldi teve de se esforçar muito para tirar deles a carta que lhe pertencia. Depois pegou três bananas da fruteira e foi correndo se trancar no quarto. Lá ela leu, emocionada até não poder mais:

Copiando o cabeçalho de sua carta, eu digo: Oi, Bertila! Você foi muito franca ao não me dizer "querido". Os adultos se "prezam", se "estimam" e – às

Vale por duas

vezes – até se "querem" por correspondência quando nem se conhecem. Sei disso porque vejo as cartas que meus pais recebem – eles são advogados – e muitas também começam com "De minha maior consideração" (o que será que eles querem dizer, exatamente?).

"Bertila é única", eu disse a mim mesmo, ao ler e reler sua belíssima mensagem. "É atenta, sensível, divertida." Mas não quero mentir para você: única também foi a sua carta; a única que recebi. Ah, devo dizer que não sei nada do zodíaco, por isso não se iluda muito com essa história de Peixes e Escorpião. Pus meu signo no anúncio porque minha tia é fanática pelos astros e acha que é um dado fundamental.

Em casa nós somos seis: um pai e uma mãe (dos quais já falei antes) e três irmãos mais novos do que eu e que – como eu – também têm nomes que eu sei que os argentinos acham estranhos, mas a escolha nesse aspecto – aqui – é livre. Um se chama Milton Washington (de nove anos), outro Franklin Dumas (cinco) e finalmente termina com Festa Cívica (quase dois), e eu disse "finalmente" porque a menina não aparecia, e com certeza meus pais seriam capazes de continuar a buscá-la mesmo que antes tivessem um exército de varões. E tanto a esperaram que a batizaram de Festa Cívica, não só porque ela nasceu no dia da nossa independência e era o que estava escrito no feriado do calendário, no lugar em que colocam os nomes dos santos, como também porque sua chegada foi uma verdadeira festa *para todos. Ela é uma mimadinha, como você deve imaginar.*

Os desencantadores

> *Mudando de assunto: estou cursando o primeiro ano do liceu. Não vou muito bem nos estudos. Meu pai diz que dedico o tempo todo à música, a ler só o que quero e aos esportes. Não é verdade. Acontece que não me sinto bem no segundo grau. Eu me atrapalho com tantos professores e matérias diferentes. Minha mãe acha que logo vou me acostumar, diz que com ela aconteceu a mesma coisa quando tinha a minha idade e que só começou a gostar do liceu a partir do segundo ano. Gostaria que você me mandasse uma foto sua, assim posso imaginá-la enquanto leio suas cartas. Na próxima vou mandar uma foto minha. Enquanto isso, já vou lhe dizer como eu sou: tenho um metro e sessenta e meu apelido é "O fraco". Tenho cabelo e olhos castanhos e muitas pintas no rosto e nos braços. Também não quero me vangloriar, mas dizem que sou boa-pinta, aham.*
> *Você me copia algumas de suas poesias?*
> *Amanhã começa o campeonato intercolegial de futebol. Faço parte do time da minha escola: sou ponta-esquerda; de modo que – por esta tarde – vou terminar aqui, pois preciso ir ao treino.*
> *Espero resposta rápida.*
> *Um beijo (na bochecha, tá?) e até logo.*
>
> *Kevin*

A partir das duas primeiras mensagens de apresentação, a correspondência entre Goldi e Kevin passou a ser tão freqüente que – em poucos meses – ambos já contavam com várias dúzias de cartas.

Goldi as mantinha em segredo e só as compartilhava com Flávia. Estava radiante. Levara pouco tempo para conquistar o afeto de Kevin e sentir um grande carinho por ele. Quase seria possível dizer que eles se conheciam desde sempre, tamanha era a confiança com que se escreviam e a verdadeira corrente de amizade que fluía entre eles.

– Menina, Kevin está ficando apaixonado... – dizia Flávia ao ler as cartas, que a cada vez continham frases mais claras a esse respeito.

Goldi fingia não perceber, mas a verdade era que ela também estava. E, embora aquela sensação nova a enchesse de alegria, uma nuvenzinha de tristeza sombreava seus sonhos: "Eu menti para Kevin. Uma única mentira, mas mentira. Ele acha que aquela que está sorrindo nas fotos que lhe mandei sou eu... Se a Flávia ficar sabendo, ela me mata. É. Eu sei que ele se apaixonou por mim, pelo que eu sou, pois, ao lhe contar minhas coisas, nunca o enganei... mas ele me imagina com a cara e o corpo da Flávia... Se ele soubesse que foi esta gorda, uma "futocho", que deslumbrou seu coração... Ainda bem que ele mora no Uruguai e não tem como topar comigo nem por acaso...

Por acaso não, mas Goldi não previa a possibilidade: uma viagem... especialmente para vê-la em pessoa...

Quase desmaiou ao ler aquela carta que o anunciava, coincidindo com o início das férias de verão!

Querida Bertila:
Vou lhe dar uma notícia fantástica! Depois de amanhã vou com meu pai a Buenos Aires. Chegaremos no vôo do meio-dia. Ele tem que ir – imprevis-

tamente – para fazer uns trâmites nos tribunais. Insisti tanto para ele me levar que – por cansaço – acabou concordando. Vamos ficar hospedados no Hotel Montana durante os três dias da nossa estada na cidade. Estou pulando de contente! Finalmente vamos nos conhecer pessoalmente, meu amorzinho!

Peço que você telefone para o hotel – já que vocês não têm telefone – para combinarmos nosso primeiro encontro!

Até muito breve, meu tesouro!

Seu Kevin

Goldi sentiu dezembro desmoronar sobre sua cabeça. À beira de um novo ataque de gula, foi depressa ter com Flávia.

"É a minha única salvação. Se o Kevin me vê, estou frita... Ela tem que ir em meu lugar a esse maldito encontro..."

– Eu? Nem louca, menina! – disse Flávia, muito indignada quando soube que a prima tinha enviado fotos dela e estava lhe pedindo para se apresentar a Kevin como se fosse Bertila Bassani.

– O que custa você representar por algumas horinhas? Por acaso não está fazendo curso de teatro? Vamos, Flávia, seja boazinha! Além do mais, você está por dentro de todo o meu romance por carta...

– É, mas eu não sabia que no *seu* romance você tinha posto a *minha* cara!

– ... e o seu... seu corpo...

– Vire-se, senhorita embrulhona. Quem mandou ser tão falsa?

Vale por duas

Nem as lágrimas de Goldi conseguiram mudar a decisão de Flávia de não se prestar ao jogo de troca de papéis.

Assim, não restava a Goldi – desesperada – outro remédio senão enfrentar a situação.

Como? Ora, telefonando a Kevin como se fosse Flávia. Ótimo, um ainda não conhecia a voz do outro.

– Sinto muito – ela disse –, mas a minha prima Bertila viajou de férias há três dias, assim que recebeu sua carta. Não teve tempo de escrever para você. Ela me disse que ia escrever de Bariloche. Ela foi para lá com o grupo da sétima série, numa viagem de formatura...

A viagem estava nos planos de Goldi, mas só ia se realizar em janeiro... e Kevin lembrou:

– Mas a Bertila me disse que ia em janeiro...

– Houve uma mudança de última hora... E eu não pude ir porque estou participando de uma peça de teatro que vai ser apresentada a semana que vem...

– Que raiva! Sabe-se lá quando vou ter outra oportunidade de vir a Buenos Aires... Eu sonhava em ver a sua prima... Trouxe até uns presentinhos para ela. Flávia, você me faria o grande favor de se encontrar comigo para eu entregá-los a você? Vou sentir muito se, além de não a encontrar, ainda tiver que levar os presentes de volta...

– Claro, Kevin, sem nenhum problema.

– Onde então? Conheço muito pouco esta cidade...

– Na esquina do seu hotel há uma lanchonete, MacFierro. O que você acha de a gente se encontrar lá, às cinco da tarde? É um lugar simpático e cheio de gente jovem.

– Perfeito. Mas... como vamos nos reconhecer?

– Eu vi suas fotos, Kevin. Quanto a mim... bem... sou uma das garotas mais gordas que você deve ter visto na vida! Vai ser impossível não me reconhecer, mesmo que a lanchonete esteja abarrotada... Além do mais, tenho cabelo ruivo, comprido e muito ondulado, e vou pôr um vestido azul-celeste.

Durante o tempo da estada de Kevin em Buenos Aires, Goldi e ele ficaram juntos quase desde a manhã até a noite.

Depois daquele primeiro encontro no MacFierro, almoçaram com o pai de Kevin, foram caminhar pelo centro da cidade, visitaram um grande *shopping center*, viram um filme e riram muito no parque de diversões.

Goldi contou à mãe tudo o que tinha acontecido. Chorando abraçada ao pescoço dela, ouviu seus conselhos e se animou a sair de novo com Kevin, mesmo que fosse sob a identidade de Flávia...

– Que pena eu não poder trazê-lo aqui em casa, não é, mamãe? Ele iria descobrir tudo...

– E por que não contar a verdade? Pelo que estou vendo, o Kevin simpatizou muito com você...

– Nunca, nunquinha! Ele que continue acreditando que eu sou a Flávia. O Kevin está deslumbrado pela Bertila que escreve para ele... mas não imagina que seja este tanque...

Aquela tarde, um pouco antes de o menino par-

Vale por duas

tir com o pai para o aeroporto, Goldi e Kevin se despediram na confeitaria do Hotel Montana.

Goldi quase não conseguia dissimular sua angústia pela separação iminente, quando foi surpreendida pelas palavras de Kevin:

– Maravilhosa Flávia... Nunca passei uns dias tão bons como na sua companhia... Seu caráter, seus gostos, seu senso de humor são tão parecidos com os de Bertila que, em certos momentos, tive a impressão de estar com ela... Espero que minha franqueza não a incomode, mas estou meio confuso desde que conheci você. Não sei... Penso muito em Bertila, mas, para ser sincero, não senti tanta falta dela como imaginava... e estou pensando em confessar isso a ela. Ao seu lado eu me sinto tão à vontade... que não me envergonho de lhe dizer que estou triste por ter que ir embora. É demais eu pedir que você me dê seu endereço para eu poder lhe escrever?

Incrível. Kevin não tinha se importado com a gordura dela, pois até suas palavras pareciam marcadas por um sentimento semelhante ao das suas cartas...

– E agora, o que eu faço? – pensava Goldi, desconcertada. – Tenho que dar para ele o endereço da Flávia! E ela vai me estrangular se começar a receber cartas dirigidas a ela... mas dedicadas a mim... E eu vou ter que escrever como se fosse duas pessoas! Em que confusão eu fui me meter!

No entanto, o único jeito foi aceitar a solicitude de Kevin. Que desculpa ela ia inventar para não dar o endereço que Kevin estava pedindo?

Os desencantadores

A partir daquela tarde, Goldi começou a receber cartas de Kevin em dobro e a responder também em dobro, como se fosse Flávia e Bertila.

Teve que implorar para a prima aceitar passar a limpo com sua letra as respostas que ela assinava – é óbvio – como Flávia. O mais engraçado era que – quase sem perceber – Goldi escrevia as cartas mais bonitas com o nome de Flávia, ao passo que o tom de afeto diminuía quando o fazia como Bertila. Não era para menos: Kevin também ia mostrando maior inclinação por quem ele tinha conhecido como Flávia e que – gordura à parte – começava a ocupar tanto espaço em seus pensamentos e em seu coração.

Por fim, o menino criou coragem para dizer a verdade a Bertila: tinha se apaixonado – perdidamente – pela suposta Flávia e achava que ela devia ser a primeira a saber, já que por meio dela conhecera a "gordinha maravilhosa, adorável, preciosa – única – que é a sua prima". E pedia perdão se a estava fazendo sofrer, mas já não podia esconder aquele sentimento "que me faz flutuar"... e, "como é quase certo que no final de fevereiro eu viaje de novo para Buenos Aires com meu pai, é preciso que você fique sabendo de tudo".

Goldi estava explodindo de alegria, de emoção. Kevin gostava *dela*, tal como ela era, embora continuasse achando que seu nome fosse Flávia...

Quando o avião trouxe Kevin mais uma vez a Buenos Aires, Goldi – de braço dado com a mãe e acompanhada pela prima – o esperava no aeroporto, as três dispostas a esclarecer a confusão.

Vale por duas

O reencontro dos namoradinhos foi cinematográfico. Não só pelo carinho que os dois manifestaram ao se encontrarem de novo, mas pelos momentos que eles viveram quando Goldi ousou revelar quem era quem e por que acontecera o que acontecera.

O pai de Kevin foi quem mais riu ao ouvir toda a história.

— Então você me fez acreditar que eu estava escrevendo para *duas* garotas? Só você mesmo, Goldi! Você é única! ÚNICA! – repetia o menino, surpreso.

— É que a minha gorda vale por duas! – disse de repente a mãe de Bertila Bassani, aconchegando-a num abraço.

Os desencantadores

Senhores da
Academia Nacional de História
Da República de Sudaquia
Presente

Ref.: CONCURSO INFANTIL E JUVENIL
DE RELATOS HISTÓRICOS

Prezados senhores,
Tenho o prazer de submeter ao júri do Concurso Literário as três cópias de um relato de minha criação com o qual desejo participar deste certame convocado por Vv. Ss.
Anexo a ficha oficial que cada participante deve preencher na qual constam as informações solicitadas, e o envelope – fechado e lacrado – no qual figuram meus dados pessoais, endereço e telefone.
Cumprimenta-os muito atenciosamente,
FUMAÇA

> ACADEMIA NACIONAL DE HISTÓRIA DA REPÚBLICA DE SUDAQUIA
>
> FICHA DE INSCRIÇÃO NO CONCURSO INFANTIL E JUVENIL DE RELATOS HISTÓRICOS.
>
> TÍTULO DA OBRA: Os desencantadores
> PSEUDÔNIMO: Fumaça
> CONCORRENTE N.º: 109
> GÊNERO: Conto
> CATEGORIA: C (autores de 13 a 16 anos)

Os desencantadores
Pseudônimo: Fumaça

Até entrar na última série do primeiro grau, eu não gostava nem um pouco das aulas de história. A maioria dos meus colegas também não.

É que da primeira série até a sexta – que tínhamos terminado fazia alguns meses – os professores sempre repetiam os mesmos *scripts* sobre as origens da nossa pátria. Ampliando os detalhes – claro –, mas sem falar em certos fatos que despertassem maior interesse entre os alunos.

A quem pode interessar o relato – repetido à exaustão – de uma soma de batalhas, batalhas e mais batalhas; a exposição contínua de galerias de seres que pareciam figuras de bronze ou gesso; a memorização de uma lista interminável de datas e mais datas; a citação de séries de frases retumbantes que – coisa estranha, não? – os próceres pronunciavam *justo* na hora da morte...? Enfim, era uma chateação.

Por sorte, esse panorama mudou na sétima série, graças à professora do nosso grupo.

Dona Nerina era apaixonada pela história de nosso país, e seu entusiasmo nos contagiava. Ela sabia exatamente o *que* nos transmitir e – sobretudo – *como*. Suas aulas passavam num instante.

Quando concluía o relato de algum episódio do passado, quase todos nós, seus alunos, sentíamos algo semelhante a quando termina o nosso deleite com uma música bonita. Nós queríamos mais, era isso.

Ah, mas havia algo fundamental: ela não se esquecia de que ainda éramos crianças e de que os fatos acontecidos doze ou quinze anos antes também faziam parte da história. De uma história recente para os adultos – é claro – mas anterior ao nosso nascimento e – por isso mesmo –, para nós, tão distante quanto a que está nos livros de escola.

Por isso ouvíamos maravilhados quando a professora contava acontecimentos de nossa Sudaquia, da época em que éramos bebês ou nem isso, embora faltasse pouco para aterrissarmos neste lugar do planeta.

Nessas ocasiões, tínhamos de atuar – depois – como repórteres mirins de nossas famílias e vizinhos. Colhíamos e confrontávamos seus depoimentos, seus pontos a respeito daquela história da qual – de algum modo – haviam sido protagonistas e/ou testemunhas e que – por isso mesmo – estava muito presente em suas memórias.

Ou não. Porque – de vez em quando – comprovávamos surpresos que certas pessoas eram muito... muito esquecidas... (Estariam flutuando entre as nuvens, enquanto aqui embaixo se desenrolavam acontecimentos que emocionavam os outros sudacas?)

Lembro-me – muito especialmente e por motivos que serão compreendidos mais adiante – daquela tarde em que a professora Nerina nos contou que...

"Ao longo de nossa história, nós, os sudacas, atravessamos épocas duras, difíceis, mas nenhuma como a que tivemos que suportar a partir do momento em que uma facção guerreira desalojou – com a prepotência das armas – o então presidente do país e ocupou seu lugar. O mandatário deposto fora escolhido por meio de eleições populares, em votação democrática... Isso foi quando a maioria de vocês tinham acabado de nascer ou eram crianças muito pequenas....

"Outro bando, inimigo do vencedor e violento como aquele de quem já falei, acabava de fracassar na mesma intenção de tomar o poder, e ficou com aquilo atravessado na garganta, como se diz popularmente. Então, os desse grupo juraram que continuariam combatendo, com o objetivo de colocar um deles à frente do governo. Nenhum dos dois opositores levou em conta – de modo algum – o desejo de paz acalentado pelos milhões de habitantes de Sudaquia. O horror se instalou naquele lugar como se fosse sua casa natal. Não passava uma semana sem que se difundissem comunicados proibindo isto, aquilo e também aquilo outro, ou proclamas incitando ao caos; sem que se explodissem bombas em algum lugar; sem que se produzissem confrontos violentos entre os 'desencantadores' "...

Os "desencantadores"... – um leve tremor denunciou a impressão que a lembrança dessa palavra provocava na professora Nerina.

"Os desencantadores", ela prosseguiu. "Essa palavra surgiu da sabedoria do povo, foi inventada para denominar os guerreiros perigosos dos dois bandos...

"Sim, sim, vocês estão certos em supor que o prefixo 'des' foi usado para denotar a negação, a inversão do significado da palavra original... Porque, embora os acontecimentos que sacudiam nossas terras fossem extraordinários, nenhum era digno de admiração, de estima, de alegria. Muito pelo contrário..."

Embora nós, os alunos, soubéssemos – de ouvir falar e apenas de maneira fragmentada – daquelas peripécias vividas em nossa nação, ouvi-las recriadas pela voz cálida da professora dava-lhes cores diferentes, tão reais que – em certos momentos – chegávamos a nos considerar atores delas. Ainda bem que ela nos garantia que "aqueles pesadelos nunca mais!".

No entanto, tinham sido terríveis demais para que eu conseguisse arquivá-los – simplesmente – em alguma gavetinha da minha mente. Certas cenas se impunham aos meus pensamentos sem eu querer, como retalhos de sonhos noturnos. O que mais me impressionava daquele relato da professora Nerina era o tema dos seqüestros das pessoas, naquele período já superado.

"Aconteciam nas ruas", ela dizia, "nos locais de trabalho, em trens ou ônibus, em casa...

"Em sua obsessão por capturar integrantes do outro bando, os 'desencantadores' instalados no poder alucinavam e acreditavam vê-los por todo lado... Não averiguavam se – na verdade – eram de fato seus inimigos... Muitas vezes se enganaram...

"Dezenas, centenas, milhares de pessoas como que evaporaram... De milhares e milhares as famílias nunca voltaram a ter notícias e – em muitos casos – não chegaram nem a saber a razão de seu desaparecimento. Foram como que aspiradas por uma perfeita máquina de volatilizar. Crianças e bebês também."

Brrr! Um excelente romance de terror não me teria provocado tanto medo...

Esses fatos não eram produtos de uma obra de ficção! Faziam parte da história de Sudaquia! Como era possível que esse horror tivesse acontecido aqui? Como, meu Deus?!

Por aqueles dias, senti que eu pre-ci-sa-va falar – de novo – no assunto em minha casa, desatar aquele nó de angústia que me oprimia o peito.

Pela primeira vez eu imaginava que... Eu queria voltar a compartilhar com meus pais – como de cos-

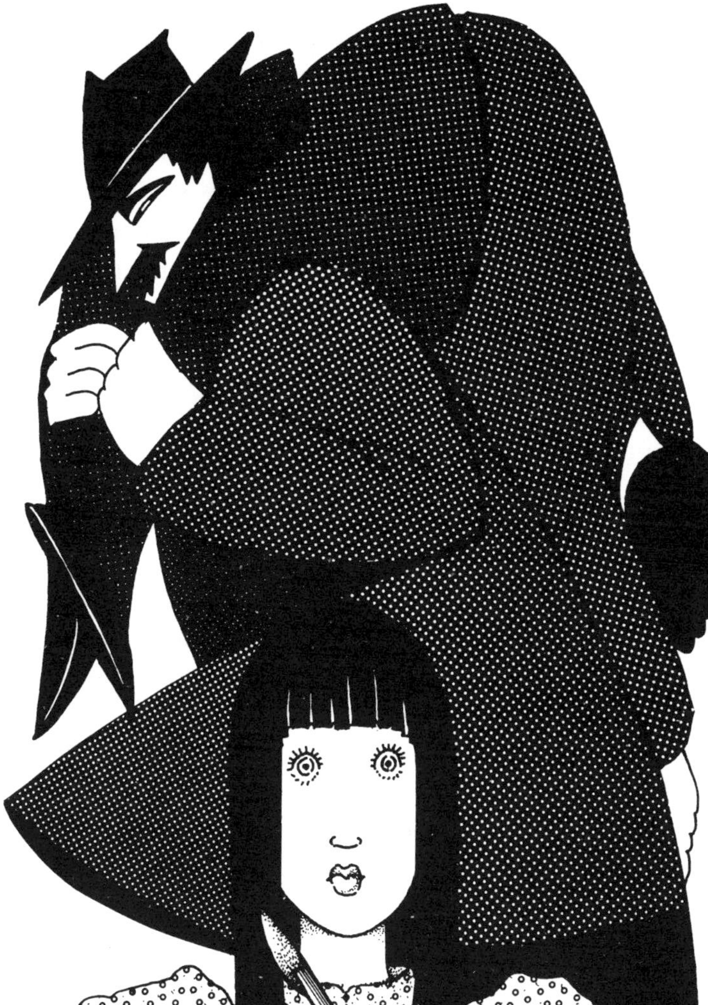

Os desencantadores

tume – aquelas fantasias com relação à minha identidade, às vezes disparatadas. Como – para citar algumas ao acaso – supor que eu tivesse sido enviada, à maneira do Super-homem, numa cápsula espacial, sozinha, de um misterioso planeta que estava prestes a se desintegrar... Ou achar que eu fosse descendente de uma princesa egípcia errante, que algum dia viria me buscar...

Essas fantasias, normais na infância – segundo os psicólogos –, o eram mais ainda na minha, pois sou filha adotiva.

Eu sabia desde muito pequenina. Soube quando ainda não entendia claramente o que isso significava. Pois... quem entende, aos dois ou três anos, que "você não se formou dentro da minha barriga mas na de outra mulher, só que eu sou sua mãe..." e outras explicações do tipo, de interpretação tão complexa?

E, embora – com freqüência – nós conversássemos sobre o assunto e eu tivesse uma enorme curiosidade em saber quem tinham sido meus pais biológicos, aqueles sempre ausentes que me tinham dado a vida, sentia – com toda a força do meu afeto – que meus pais muito queridos eram eles, os que me haviam adotado. E também que minha família era a deles: adoráveis avós, tios, primos e padrinhos. *Minha* família. Pelos direitos do amor, minha. E eu dela.

– O destino colocou você no centro de nosso tempo e espaço, Valéria – costumava dizer minha mãe. – Os astros decidiram... – e a paixão dela pelo zodíaco fortalecia nosso vínculo.

Os desencantadores

Então eu era uma filha astral muito querida, e essa era a versão que mais me aconchegava a alma em momentos de incerteza. Pois uma coisa era certa: apesar de minha família ter contado – inúmeras vezes – como eu havia irrompido em sua existência, a "verdade verdadeira" provocava em mim uma intensa sensação de desamparo e eu preferia pensar que – desde a eternidade – tinha sido destinada a me tornar herdeira de pais tão maravilhosos como aqueles que tinham me adotado.

A "verdade verdadeira"... Como é dolorosa... Tão difícil de suportar sem lágrimas em suas tramas finais...

– Somos um casal estéril, filha: quer dizer, não podemos ter filhos de nosso sangue. Por isso, veio-nos a idéia da adoção. Até nos anunciarem que você estava nos esperando, foram meses e meses de profunda ansiedade. Basta dizer que seu pai voltou a roer as unhas como um menino de escola... E as avós? Já não sabiam que roupinha tricotar para você, mas continuavam competindo para ver qual das duas fazia o enxovalzinho mais deslumbrante... Os tios compravam brinquedos como se estivessem para abrir uma loja... Seus padrinhos optaram por formar uma pequena biblioteca para você. Com os mais belos livros infantis... Seus primos mais velhos ajudavam a decorar seu quarto... Ah... mas não pense que os avós ficavam de lado. Um deles – convencido de que seria um menino – tomava você como desculpa para consertar o trem elétrico que tinha sido do

Os desencantadores

seu pai e passava o domingo se divertindo com ele. O outro – convencido de que teria uma neta – se pôs a restaurar algumas das bonecas da minha infância, até ficarem novinhas em folha...

– E o papai? Só roía as unhas?

– Não, Valéria. Foi ele quem fez o berço de madeira em que você dormiu nos primeiros meses... e eu pintei aquelas florzinhas que – depois – você se encarregou de descascar...

Com o coração cintilando eu ouvi – em várias ocasiões – a narração do que minha família tinha sentido durante o período anterior à minha chegada. Mas que furacão quando ouvia: "abandonada, segundo o juiz de menores; disse que você estava em um orfanato e com poucas horas de vida. Também disse que tinha investigado cuidadosamente a sua procedência e as razões pelas quais você tinha ido parar naquela instituição... mas... todos os rastros perdidos... nenhuma pista que indicasse de onde e por quê... Então resolveu confiá-la a nós. Estávamos na lista de espera para adotar uma criança havia três ou quatro anos. E, finalmente, realizou-se o milagre de nos tornarmos pais... o milagre de ter você, filha. Ah, e nunca duvide de que, se estivesse ao nosso alcance, uma das coisas mais valiosas que desejaríamos lhe dar de presente seria a revelação de sua origem... Infelizmente, é um enigma também para nós... Um mistério que lamentamos, porque tanto a machuca, porque abriu em você uma ferida que não sabemos curar..."

Os desencantadores

Invariavelmente, eu me jogava em seus braços e chorava em silêncio durante essa parte final da história de minha origem, enquanto minha mãe me estreitava em sua infinita ternura.

Quando terminei a sétima série, saí de férias junto com meus colegas.
 Tomavam conta de nós a querida dona Nerina, o professor de Educação Física e a vice-diretora da escola, perita em primeiros socorros.
Partimos rumo ao norte de Sudaquia.
Tínhamos escolhido por votação percorrer as províncias daquela região, pois a maioria de nós não as conhecia. Sua gente e suas paisagens eram muito diferentes daquelas da capital...
Desfrutei ao máximo a aventura das excursões, me diverti demais com meus amigos... e me apaixonei por meu colega Juan Cruz... cujos olhos e expectativas – puá! – estavam voltados para a chata da Moniquita, aquela convencida incorrigível.
Apesar de sentir falta da minha família, fiquei triste nos últimos dias da temporada naquelas paragens do norte, sabendo que a hora de voltar se aproximava.

Na última tarde de férias, fomos percorrer um centro comercial que ficava numa praça. Era uma feira de artesanato da região.
Eu caminhava de um lugar para outro, escolhendo presentes para levar para casa, quando um ônibus

Os desencantadores

com turistas jovens como nós passou perto da calçada em que eu estava. Ele não ia a muita velocidade e só virou duas esquinas depois da praça, razão pela qual – se eu tivesse reagido em tempo – poderia tê-lo alcançado correndo um pouco. Mas fiquei imóvel depois de ver aquele rosto, por trás de uma das janelinhas.

Não tinha sido alucinação.

Além do mais, dispus dos minutos necessários para me aproximar do ônibus e pedir ao motorista que parasse. Não pude. A comoção por aquela descoberta singular me paralisou.

O assombro por me ter contemplado num espelho de carne e osso, por ter observado a carinha de uma menina da minha idade, idêntica à minha – tão próxima dentro daquele microônibus – não me permitiu outra atitude que não a imobilidade.

Fiquei perplexa.

Nem a cor ou as características da carroçaria do ônibus – que por acaso havia passado tão perto de mim – eu tinha certeza de lembrar horas depois, quando – um pouco refeita da surpresa – quis compartilhar com o grupo e os professores o que tinha acontecido.

– Deve ter sido impressão, Valéria; uma sugestão passageira. Estava tanto calor... – me disse a professora Nerina. – Não é raro a gente topar com pessoas que têm traços e gestos que poderiam ser nossos... Entre tantos milhões de sudacas... tantos seres

Os desencantadores

na Terra... por que não alguém que tenha semelhanças conosco? Nunca ouviu falar na teoria do duplo?

"Tudo bem", eu pensava, logo depois de suas explicações, que giravam em torno do duplo e que lhe deram oportunidade para nos improvisar algumas histórias. "Tudo bem, professora...", mas hoje eu *vi* a minha réplica; uma garota igual a mim... e não imaginária...! Era de pele humana; tão viva quanto eu!

Depois renunciei a insistir em meu relato, resignada às brincadeiras de meus colegas incrédulos.

Pisar na plataforma da estação rodoviária da capital e me jogar nos braços dos meus pais foi uma coisa só. Era muito grande a ansiedade para lhes confiar o que eu tinha visto (*aquela* menina), além das histórias da viagem de formandos, que, no entanto, logo se esfumaram em comparação com aquela imagem.

Minha mãe e meu pai deixaram de sorrir quando a descrevi. Preocupados, ainda tentaram disfarçar.

Na manhã seguinte à minha volta – domingo tórrido – mamãe foi me acordar.

Trazia uma bandeja com o café da manhã e estava com os olhos irritados, como se tivesse chorado muito.

E foi o que ela disse.

Então sentou junto da minha cama e, em seu olhar, misturavam-se doçura, pena e profunda preocupação.

Não sei como conseguiu se controlar – segurando o choro – e me falar.

Os desencantadores

– Seu pai e eu ficamos conversando até de madrugada, Valéria, a respeito da visão que você teve antes de ontem. Como fizemos os trâmites legais necessários para adotar você e nos tribunais nos disseram que os documentos estavam em ordem, nunca nos ocorreu que poderiam ter nos escondido alguma coisa ou até mentido. Talvez não o tenham feito, filha; isto não é uma acusação, por favor. Mas a verdade é que esta noite, pela primeira vez, começou a crescer em nós dois uma tremenda dúvida. Como você bem lembra, a professora Nerina lhes contou sobre os anos de terror que nós, sudacas, vivemos por causa dos "desencantadores", tendo como conseqüência também o desaparecimento de crianças. Pois bem, seu pai e eu, como nunca antes, repito, começamos a considerar... a possibilidade... de... talvez... você ter irmãos... de que você seja... uma dessas crianças... E pedimos a Deus que não, mas... essa possibilidade está nos angustiando... Imaginar que possa existir uma família da qual você tenha sido arrancada... Uma família desesperada, sem indícios para encontrar você... Não viveríamos em paz com esse peso na consciência. Seria imperdoável não nos apresentarmos diante de quem talvez possa nos ajudar a revelar essa incógnita, você não acha? Precisamos consultá-la, Valéria.

Eu disse que sim, que devíamos averiguar se eu era ou não um entre as centenas de bebês raptados por um dos grupos de "desencantadores"...

Os desencantadores

Fomos – então – a uma organização que se ocupava de localizar os pequenos sobreviventes daquela tragédia.

Pouco depois meus pais me comunicaram que iam me levar a um hospital onde eu seria submetida a um rápido exame de sangue, que não levaria mais do que o tempo de eu dizer um "ai!" e pronto.

Em casa aumentava a suspeita de que eu pudesse ser filha de um casal seqüestrado, depois de uma invasão de seu domicílio na capital. E aumentava por causa das conversas que minha família adotiva mantinha com a organização de investigação. Com aquele exame de sangue seria possível ter certeza.

Durante os dias transcorridos entre a ida ao hospital e o anúncio do resultado da análise meus sentimentos foram contraditórios. Por um lado era inadiável saber a verdade, mas por outro eu temia – vagamente – as conseqüências. E se me separassem da minha família adotiva, da minha cadela Mimi, de meus gatos Facu e Chispita? Se me obrigassem a abandonar as paredes que me tinham abrigado como sendo minhas? E minhas samambaias? E o din-don do relógio da cozinha? E as manchas dos meus dedos no papel de parede do corredor da entrada? E eu?

– Não, querida, isso não vai acontecer – tranqüilizavam-me papai e mamãe. – Sua vida está nas mãos da justiça de Sudaquia...

Os desencantadores

No entanto, meus temores se confirmaram.

Confirmou-se que eu era a filhinha perdida de um casal desaparecido na época dos "desencantadores"... Eu tinha nascido num centro de detenção clandestina, algumas semanas depois do desaparecimento dos dois.

O juiz sentenciou – então – que eu devia morar com meus avós biológicos, os pais da mãe da qual eu nascera.

O encontro com eles e com o resto dos parentes legítimos – numa dependência dos tribunais sudaquianos – foi superemocionante, comovente.

Eles me envolveram em abraços e me cobriram de beijos úmidos e comentários a respeito da vida que eu levaria com eles a partir daquelas três da manhã, hora em que foram concluídas as atividades daquela jornada.

– Não, não quero que me afastem dos meus pais! – protestei.

– Seus pais já se foram, querida; sua verdadeira família somos nós...

– Posso visitar vocês! Agora que os recuperei, quero vê-los, claro. Mas não me arranquem da minha casa!

– *Sua* casa é a *nossa*... Seus primos estão esperando por você... Todo o bairro, Candela...

– Candela? Que Candela? Meu nome é Valéria! Eu não sou Candela!

Minhas súplicas ao juiz foram inúteis, assim como as de minha mãe. De repente, me arrancaram do lado

Os desencantadores

dela como um objeto preciosíssimo, mas objeto. Só me deram permissão para me mudar com a roupa do corpo. Senti que – mais uma vez – voltava a perder meus pais.

A revolta com essa nova injustiça que estavam cometendo comigo me transformou numa menina arisca, agressiva, a quem a "família de sangue" não sabia como agradar.

– Nós *não* roubamos Valéria, nós a adotamos de boa-fé! Por que estamos sendo tratados como delinqüentes que tivessem se apropriado de crianças como butins de guerra?

Essas palavras de meu pai – ditas ao amanhecer de minha segunda expropriação – repercutiam em meu corpo até o tremor.

Minha história foi publicada em jornais, revistas e transmitida pela televisão.

Fotografias e vídeos dos noticiários se espalharam – então – por toda a Sudaquia, difundindo minha imagem. Eu já não podia sair na rua tranqüilamente, sem o assédio de repórteres, gravadores, câmeras nacionais e internacionais.

Eu estava desolada.

Sofria. Sofria. Muito.

Não me bastava o amor que – com autêntica marca em minha alma – meus parentes sangüíneos me davam. Por acaso eram incapazes de entender que eu *não podia* amá-los de repente, nem apagar meus doze anos passados, e que nenhuma volta às origens ia conseguir operar minha transformação de Valéria em Candela?

Os desencantadores

Por acaso os adultos achavam que eu fosse pó de sopa desidratada?

Duas cartas, dois frágeis envelopes de papel recebidos em meu antigo e em meu novo endereço foram um presente das estrelas. Graças a essa correspondência minha situação daqueles dias se alterou.

Os textos eram semelhantes e – em síntese – aqui vai sua transcrição:

(...) Com assombro ficamos sabendo da história de Valéria/Candela.

Vimos seus retratos amplamente difundidos através de todos os meios.

Somos pais adotivos de Magdalena, desde a mesma época em que – segundo as notícias – também foi adotada a outra menina.

Achamos que são gêmeas, tamanha é a semelhança entre elas. Como poderão ver pelo carimbo do correio e no cabeçalho desta carta, moramos muito longe da capital. Estamos escrevendo para que saibam que estamos à sua inteira disposição para efeito de confirmar se nossas suposições têm fundamento ou não. Viajaremos até aí na próxima quinta-feira, dia doze.

Como agimos inocentemente e ignorávamos que nossa filha pudesse ser um dos bebês nascidos na prisão, depois da sorte inqualificável de seus progenitores em mãos dos "desencantadores", antecipamos que – sob nenhuma alegação – aceitaremos que a tirem de nós. No entanto, é natural que Magdalena deva ter contato com sua família biológica. Além do mais, ela mesma não deseja separar-se de nós, embora queira reencontrar-se com suas origens. E, desde que soube da existência de sua provável irmã, não há como aplacar seu nervosismo. Está morrendo de vontade de vê-la!

Por que não ampliar a família para as meninas – somando-nos todos – em vez de privá-las do amor que dão e recebem?

Durante doze anos fomos seus pais e ninguém impedirá que continuemos sendo.

A sentença judicial – no caso de Valéria/Candela – foi errônea e traumatizante. Assim se manifesta também a quase totalidade da opinião pública. Não se contemplaram os sentimentos da menina, seu bem-estar espiritual. Foi um procedimento unilateral, de uma perspectiva exclusivamente adulta, que não só prejudicou a menina como também sua família adotiva, que não é responsável pelos "desencantos" do passado e que se viu despojada de sua filha.

Alenta-nos a reflexão generalizada em favor da felicidade das meninas, que sofreram a desventura de serem tratadas como troféus de guerra na época de seu nascimento. Não cabe a nós – agora – disputá-las como se as considerássemos da mesma maneira; o céu nos livre.

(...)

Magdalena e eu – Valéria – (resolveram mudar nossos nomes, viva!) somos irmãs gêmeas. Ah, e era *ela* a menina que eu tinha visto na minha excursão de formandos...

Viva em dobro! Tenho uma irmã!

Desde a noite em que nos puseram frente a frente, foi como se já soubéssemos desde o início...

Cada uma está vivendo com seus pais adotivos, depois de uma série de tramitações e – sobretudo – a partir da reconciliação de nossa família biológica

Os desencantadores

com as adotivas... Mas... o principal... é que ouviram o que nós duas pensávamos!

Ai... Finalmente optaram pela melhor solução: somar em vez de subtrair...

Mas como foi difícil!

Eu e meus avós, tios e primos "recém-estreados" nos visitamos constantemente; estou conhecendo-os e aprendendo a amá-los como sei que merecem. Também, a cada dia penduro em meu coração mais um cachinho das vidas de meu pai e minha mãe perdidos e começo a recuperá-los – aos poucos – pelo que me contam deles...

Debruço-me sobre suas fotos, uso algumas de suas camisas, olho seus livros e – pouco a pouco – vou reconstruindo o quebra-cabeça de minha própria história. Com a transparência outorgada pelo saber de que não sou sopa de "desencantadores".

Como Magdalena mora numa província distante da capital, ela passa um período de suas férias de inverno e de verão aqui, e eu também costumo viajar para a casa dela.

Aos poucos vamos nos curando. Dizem que se trata de não esquecer que nós todos fomos vítimas. Nossas famílias dizem.

Apesar do sofrimento (e por que não iria caber a mim?), posso... ou melhor... poderia afirmar que – agora – ando por um caminho quase desbastado.

Magda também.

Está entardecendo, mas não quero – ainda – acender a lâmpada pendurada sobre a escrivaninha de meu quarto.

Os desencantadores

Na meia penumbra continuam ricocheteando tênues raiozinhos de sol. Entre eles, meus olhos nadam como peixes sobressaltados.

Se – por uma bênção – os adultos lessem diretamente neles, decifrariam a história que acabo de escrever sem necessidade de nenhuma chave. Nem teria sido preciso escrevê-la.

Porque lá, nos arredores de minha morada, poderiam ver a criança que fui – encolhida de medo – e também a menina que sou, que está crescendo.

Uma menina que – tão trabalhosamente – vou dando de novo à luz.

ASSINADO: Fumaça
CONCORRENTE N.º 109

Saída

Oi e até logo!
Começo pela cabeça – juro –
e acabo pelos pés de cinco dedos;
também tenho nome – asseguro –,
amores, gatos, lua, alguns medos...

Também digo que ser adulta é muito duro
levando nas costas tanta infância assim;
de minha louca inocência não me curo;
as meninas que fui ainda trago em mim.

Uma delas – como gosta de você! – aqui escreve
(sua esperança e sua fé são intermináveis
por causa de você) e agora lhe diz até breve...
com um monte de beijos dos mais amigáveis.

E. B.

Até logo, até sempre!
Buenos Aires – ARGENTINA, 1990

Impressão e acabamento:

Cromosete
GRAFICA E EDITORA LTDA
Rua Uhland, 307 - Vila Ema
Cep. 03283-000 - São Paulo - SP
Tel/Fax: 011 6104-1176